Schwarze Tage

Heinrich Peuckmann

Kriminalroman

Bibliografische Information durch die Deutsche Nationalbibliothek: Die Deutsche Nationalbibliothek verzeichnet diese Publikation in der Deutschen Nationalbibliografie; detaillierte bibliografische Daten sind im Internet über http://www.dnb.de abrufbar.

ISBN 978-3-942929-58-5

Lektorat: Stefanie Stöhr
Titelbild: Willy Menzel

Copyright (2018)
Alle Rechte beim Autor
Hergestellt in Leipzig, Germany (EU)
www.lychatz.com

9,95 Euro (D)

1.

Er weiß nicht, wie lange er hier schon liegt. Sind es zwei Tage oder drei oder noch mehr? Er weiß nicht einmal, wie weit der gegenwärtige Tag fortgeschritten ist. Ist es morgens, mittags, nachts? Für ihn macht das alles keinen Unterschied. Denn um ihn herum ist es Nacht, immer nur tiefschwarze Nacht. Egal, welche Tageszeit irgendwo da draußen ist, um ihn herum bleibt es finster. Es sind schwarze Tage, die er erlebt, pechschwarze. Aber selbst wo dieses Draußen ist, weiß er nicht. Ist es hinter der undurchdringlichen Wand des Raumes, in dem er hier liegt? Oder ist es über ihm, weil er sich in einem Kellerloch befindet, vielleicht sogar in einer Höhle?

Nichts weiß er, rein gar nichts. Nicht einmal, wie er hier hereingekommen ist. Er war unterwegs gewesen zu einem Termin, daran kann er sich erinnern. Jemand hatte ihm Auskunft geben sollen über Vandalismus in einer Schrebergartenanlage, weil er darüber einen Bericht hatte schreiben wollen. Deshalb war er über die Bornstraße Richtung Eving gefahren und schließlich abgebogen in die Eisenstraße, die nicht viel befahren wird. Dort hatte er am Straßenrand geparkt, um die letzten Schritte zu laufen. Es war ein warmer Tag gewesen, die Luft im Auto war stickig gewesen. Als er an einem verlassenen Bürogebäude vorbeigekommen war, hatte er plötzlich einen heftigen elektrischen Schlag im

Nacken verspürt, der ihm die Füße weggerissen hatte. Er hatte sich nicht mehr bewegen können, hilflos hatte er auf dem Boden gelegen, nur im Dahindämmern war es ihm so erschienen, als würde er einen Stich im Oberschenkel spüren. Einen Stich wie von einer Spritze.

Von da an weiß er nichts mehr. Nur noch, dass er hier, in völliger Dunkelheit, wach geworden ist und sich nicht bewegen kann, weil er an Händen und Füßen durch Ledergurte auf eine Liege geschnallt ist. Auf eine verdammt harte Liege.

Was hat das alles zu bedeuten, warum ist er hier? Auch das weiß er nicht.

Als ihm seine schreckliche Situation nach dem Aufwachen bewusst geworden war, hatte er angefangen, nach Leibeskräften um Hilfe zu schreien. Seine Hoffnung, dass ihn jemand hören könnte, war in dem Moment noch groß gewesen. Aber es war niemand gekommen, der auf ihn reagiert hatte. Keine Schritte, die sich näherten, keine Tür, die sich öffnete, keine Stimme, die ihn ansprach. Still war es um ihn herum geblieben, totenstill und stockfinster.

Aber auch da hatte er noch nicht aufgehört, sondern hatte weitergeschrien, bis ihm die Stimme versagt hatte. Immer verzweifelter, immer hoffnungsloser hatten seine Versuche geklungen, bis seine Stimme wie von selbst umgekippt war und einen weinerlichen, flehenden Ton angenommen hatte. Er hatte das nicht geplant, es war einfach so über ihn gekommen.

„Hier muss doch jemand da sein", hatte er gejammert. „Um Gottes willen, so antworten Sie doch! Wie bin ich hier hereingekommen?"

Dann hatte er gelauscht, aber nichts hatte sich geregt.

„Warum tun Sie das?", hatte er danach gerufen. „Warum halten Sie mich hier fest? Was habe ich Ihnen getan? Lassen Sie mich raus, lassen Sie mich einfach gehen!"

Als nach all seinem Bitten und Flehen noch immer keine Antwort erfolgt war, hatte ihn Panik erfasst. Was würde passieren, wenn sich nie jemand meldete, egal wie laut er schrie? Wenn er hier gefesselt liegen bleiben müsste, ohne zu trinken, ohne zu essen, ohne Erklärung, warum das alles geschah. Und vor allem, ohne dass irgendwer von seiner Familie oder seinen Freunden wusste, wo er sich befand. Er hatte es ja selber nicht gewusst.

Heftig hatte er an den Gurten gezerrt und gleichzeitig versucht, mit den Beinen zu strampeln, aber die Gurte hatten keinen Zentimeter nachgegeben, so sehr er sich auch anstrengte. Da hatte ihn eine Panikattacke erfasst, wie er sie noch nie erlebt hatte. Röchelnd hatte er nach Luft geschnappt, weil er geglaubt hatte, nicht mehr atmen zu können. Verzweifelt hatte er versucht, sich aufzurichten, um den Druck von der Brust zu lösen, aber er war nicht hochgekommen. Das Gefühl, ersticken zu müssen, war geblieben, lange hatte es ihn nicht verlassen. Als es sich endlich doch verflüchtigt hatte, hatte er die Augenlider zusammengepresst, damit nur ja keine Tränen flossen. Nein, er hatte nicht weinen wollen, auch wenn ihn dabei niemand hatte beobachten können. Er hatte geglaubt, es sich schuldig zu sein, dass er hart blieb. Aber als er die Augen wieder geöffnet hatte, hatte er die Nässe an seinen Wimpern gespürt.

Nach solchen Attacken, die seitdem immer wieder kommen, schläft er stets vor Erschöpfung ein und träumt wirres Zeug, an das er sich später nur teilweise erinnern kann. Fast immer haben seine Träume damit zu tun, dass er irgendwo hinläuft, zu einer Wiese oder einem Wald, wo er frei atmen kann. Menschen kommen in diesen Träumen nicht vor, jedenfalls erinnert er sich an keine.

Die Angst, dass niemand zu ihm kommen würde, war unberechtigt gewesen, inzwischen weiß er es. Manchmal kommt nämlich jemand in den Raum und steht am Kopfende der Liege, so dass er nicht mal einen dunklen Schatten sehen kann, falls das überhaupt möglich ist. Er hört nur, wie sich eine Tür öffnet, durch die für einen kurzen Moment ein schwacher Lichtschein fällt, dann vernimmt er leise Schritte hinter sich, dann einen schwachen Atem.

Manchmal hält ihm die Person eine Flasche an die Lippen, so dass er trinken muss, ob er will oder nicht. Andernfalls würde er sich verschlucken und dann wirklich ersticken. Ab und an hält sie ihm auch ein belegtes Brötchen hin, von dem er abbeißen kann. Kochschinken ist darauf, manchmal auch Käse. Aber er hat wenig Hunger, er hat vor allem Durst.

Immer, wenn die Person im Raum ist, spricht er sie an.

„Nun sagen Sie mir doch, warum ich hier bin. Sie müssen mir nicht Ihren Namen nennen, nein, das verlange ich gar nicht. Erklären Sie mir nur, was Sie von mir wollen. Wollen Sie Lösegeld? Soll ich etwas anderes für Sie tun? Nun sagen Sie's doch endlich!"

Aber die Person antwortet nicht. Mit keinem Geräusch gibt sie sich zu erkennen, egal was er fragt. Er weiß nicht einmal, ob es eine Frau oder ein Mann ist. Aber er hat einen Verdacht. So fest, wie die Person zupackt, muss es ein Mann sein, glaubt er. Obwohl, ganz sicher ist er sich auch darüber nicht. Das lange Liegen, dazu das wenige Essen und Trinken ... Er ist schlapp. Es bedarf keiner großen Anstrengung, um ihn unter Kontrolle zu halten.

Ihn fest anzufassen ist immer dann nötig, wenn die Person ihn zur Toilette führt. Dann bindet sie ihm zuerst die Beine zusammen, bevor sie die Gurte unten an der Liege löst. Anschließend macht sie den linken Arm frei und biegt ihn auf den Rücken. Dort steckt sie ihn in eine Schlaufe, die sie ihm um den Hals legt. Wenn er den linken Arm nicht still hält, würgt er sich selber. Nur den rechten Arm hat er frei, während die Person ihn in den Nebenraum schiebt. Ja, das muss sie, ihn schieben, weil er sonst nicht vorankommt. Zwischendurch macht er ein paar kleine Sprünge wie früher beim Sackhüpfen, aber das ist gefährlich, weil er das Gleichgewicht verlieren und hinfallen könnte.

In der Toilette muss er mit der freien Hand die Hose öffnen oder sie ausziehen, je nachdem, und seine Notdurft verrichten. Es ist ihm peinlich, das zu tun, denn er weiß genau, dass die Person dabei hinter ihm steht und ihn beobachtet. Keine Sekunde lässt sie ihn aus den Augen. In der Toilette ist es auch dunkel, nicht ganz so finster wie in dem Raum, in dem er sonst liegt, aber auch hier kann er nichts entdecken, was ihm den Ort verrät, an dem er sich befindet. Von schräg oben fällt ein kaum merklicher Lichtschimmer ein, als wäre dort ein nicht ganz abgedichtetes Fenster oder ein Raum, in dem weit entfernt ein Licht schimmert. Deshalb versucht er zu lauschen, ob er etwas hören kann, das ihm etwas über den Ort verrät. Aber es ist still, unglaublich still. Schließlich, wenn alles zu lange dauert, wird er von hinten gepackt und zurück zur Liege geschoben. Dann hat er kaum noch Zeit, seine Hose zu richten.

Manchmal kann er nicht an sich halten, dann bricht es wie von selbst aus ihm heraus.

„Nun lass mich doch gehen, ich bitte dich! Ich flehe dich an!"

Er merkt selbst, dass er in diesen Situationen ins Duzen verfällt, ganz automatisch. Es ist so, als würde ihm das Unterbewusstsein raten, Vertrauen herzustellen.

„Wenn ich könnte", fährt er dann fort, „würde ich niederfallen vor dir. Auf die Knie würde ich fallen, ja, das würde ich."

Seine Stimme klingt belegt dabei, es will ihm einfach nicht gelingen, ihr Festigkeit zu geben. Er hat Angst, ja, er hat so schreckliche Angst, wie er sie selbst in den bedrückendsten Situationen seiner Kindheit niemals gehabt hat. Da hilft es auch nicht, dass er sich verzweifelt gegen die Tränen wehrt, sie rinnen ihm doch über die Wangen. Das sind die Momente, in denen er erleichtert ist über die Dunkelheit um ihn herum. Vielleicht sieht die Person nicht, was in ihm vorgeht, muss er dann denken, vielleicht bleibt ihr seine Schwäche verborgen.

Aber warum sollte sie das? Warum sollte sie nicht merken, wie es um ihn steht, wo doch sowieso nicht klar ist, ob er hier jemals wieder rauskommen wird. Da ist es völlig unwichtig, was diese Person von ihm denkt oder nicht.

Manchmal, wenn er nach flüchtigem Schlaf wach wird, hat er das Gefühl, dass sie im Raum steht. Einfach so dasteht, völlig bewegungslos. Er hört sie nicht, er sieht sie nicht, aber er spürt, dass sie da ist. Sie will rausfinden, was er denkt und wie er sich fühlt, vermutet er. Sie will ihm, aus welchen Gründen auch immer, nahe sein. Manchmal hält er es dann aus, sie nicht anzusprechen und sich weiter schlafend zu stellen. In diesen Momenten kommt es ihm so vor, als führten sie einen Zweikampf. Nein, du erfährst nicht alles über mich, was du erfahren möchtest. Nein, da gibt es noch etwas, das ich dir verschweige. Das du vielleicht rausbekommst, wenn du mich frei lässt und ich es dir dann sage. Ja, dann vielleicht.

Aber meistens verliert er den Zweikampf, weil er es einfach nicht unterdrücken kann, die Person anzuflehen.

„Nun gib mir doch die Freiheit zurück, nun lass mich endlich gehen! Ich verspreche dir auch, zu tun, was du willst. Ja, das verspreche ich dir, egal was es ist. Nur quäle mich nicht länger und lass mich hier raus!"

Nach solchen Sätzen macht er erst mal eine Pause, um zu lauschen, aber die Person reagiert nicht. Sie geht verdammt noch mal mit keinem einzigen Wort auf seine Bitten ein.

„Mein halbes Leben liegt doch noch vor mir. Was könnte ich noch alles schaffen, ich habe doch noch so viel vor."

Mit der Zeit begreift er, warum er dieses Flehen, dieses tränenerstickte Winseln nötig hat. Es hilft ihm, nicht völlig in Resignation zu verfallen. Auch wenn dieser Typ nicht ein einziges Mal auf sein Bitten und

Flehen reagiert, so hat er doch die Hoffnung, dass er es irgendwann tun könnte. Würde er aufhören damit, so fürchtet er, würde er auch seine Hoffnung verlieren.

Ja, das glaubt er, daran hält er sich fest.

Irgendwann, nachdem er wieder eingeschlafen ist, hört er plötzlich ein Klicken im Raum. Erschreckt wird er wach, Schweiß tritt ihm auf die Stirn, eine Panikwelle rollt heran, ein Stein liegt ihm auf der Brust.

Was war das? War das eine Pistole, die scharf gemacht wurde? Will der Typ ihn erschießen? Um Gottes willen, das darf er nicht! Er will sein Leben noch nicht beenden, es steht noch so viel vor ihm. Diesmal ist er unfähig, etwas zu sagen, nicht einmal einen Schrei bringt er heraus. Wild schießen ihm die Gedanken durch den Kopf. Was kann er jetzt tun? Gibt es eine Möglichkeit, den Schuss abzuwehren? Nein, es gibt keine, er weiß es. Er ist dem, was passieren wird, hilflos ausgeliefert. In seiner Verzweiflung presst er die Augen zusammen und hält die Luft an. Jeden Moment kann jetzt mit lautem Knall ein Schuss ertönen und dann, ja, dann …

Aber der Schuss ertönt nicht, es bleibt still, unheimlich still. Je länger es still bleibt, desto mehr steigt seine Hoffnung, dass sein Leben noch nicht zu Ende ist. Fast vorsichtig, als könnte er damit alles zerstören, beginnt er wieder zu atmen. Einen Spaltbreit öffnet er die Augen. Kein Knall, kein Schuss. Irgendwann hat er das Gefühl, dass er wieder allein im Raum ist. Er kann es zuerst gar nicht glauben. Was ist das gewesen? Hat er sich das nur eingebildet oder war er wirklich in Gefahr? In Lebensgefahr.

Nicht lange danach hört er plötzlich ganz deutlich die Schritte des anderen, der zu ihm an die Liege kommt. Gerade so, als hätte der Typ einen Entschluss gefasst und es käme nicht mehr darauf an, sich zu tarnen. Um Gottes willen, was hat das jetzt zu bedeuten? Im nächsten Moment spürt er einen Stich im rechten Oberschenkel, gerade so, wie er ihn in der Eisenstraße gespürt hatte, bevor er hierhergebracht worden war. Sollte er noch einmal betäubt werden? Dann wäre er wieder hilflos und der andere könnte mit ihm machen, was er wollte. Er könnte ihn einfach in einen Kanal werfen, in dem er elendig ertrinken müsste. Er würde sterben ganz ohne Verletzung und es würde aussehen wie ein Unfall oder ein Selbstmord. Niemand würde nach dem Täter suchen, der ihm das Leben genommen hat.

Lange bleibt ihm aber nicht, um darüber nachzudenken, denn schnell erfasst ihn wieder ein Schwindel, der ihm das Gefühl gibt, als schwanke die Liege unter ihm. Dann merkt er, wie ihm das Bewusstsein schwindet, rasend schnell. Aus, kann er gerade noch denken, aus und vorbei. Was hätte ich noch alles tun können im Leben!

Das nächste, was er mitbekommt, ist ein Lichtstrahl, der ganz plötzlich aufzuckt und sofort wieder verschwindet. Er weiß im ersten Moment nicht, was das zu bedeuten hat, aber dann wird ihm klar, dass er lebt. Ja, er ist nicht in irgendeinem Kanal ersoffen, er spürt seinen Atem, er fühlt seinen Körper, er ist nicht tot. Und plötzlich weiß er auch, woher der Lichtstrahl gekommen war. Er hatte für einen Augenblick sein Auge geöffnet und war geblendet gewesen vom Licht. Bevor er die Augen wieder öffnet, versucht er sich klarzumachen, was das bedeutet. Dann befindet er sich also nicht mehr in dem dunklen Raum, in dem er die letzten Tage verbracht hat? Heißt das dann auch, dass er nicht mehr gefangen ist, festgeschnallt auf diese Liege? Er versucht, einen Arm zu bewegen. Ja, es geht. Er zuckt mit den Beinen, auch sie kann er frei bewegen.

Im nächsten Moment hält er es nicht mehr aus, so weit wie möglich reißt er die Augen auf. Er braucht einen Moment, um zu begreifen, was er sieht. Maisstauden sieht er, mannshoch über sich. Er richtet sich auf und blickt sich um. Tatsächlich, er liegt am Rande eines Maisfeldes. Neben ihm befindet sich eine schmale, asphaltierte Straße, ein Wirtschaftsweg. Er blickt sich um, niemand ist auf dieser Straße zu sehen, auch nicht auf der gegenüberliegenden Wiese. Nicht einmal Kühe grasen dort. Er starrt in das Maisfeld, auch dort kann er niemanden erkennen. Ein Glücksgefühl durchströmt ihn. Kein Zweifel, er ist frei. Es gibt niemanden mehr, der ihn kontrolliert, um ihn gleich wieder festzuhalten. Er kann aufstehen und gehen. Gehen, wohin er will.

Es fällt ihm schwer, aufzustehen. Zuerst steht er auf wackligen Beinen, es ist so, als wären sie aus Gummi. Aber nach ein paar tapsigen Schritten findet er seine alte Sicherheit zurück. Wohin soll er gehen? Am Ende des Weges liegt ein Bauernhof. Aber was soll er dort? Soll er den Bauern fragen, an welchem Ort er sich befindet und wie er von dort nach Hause kommt? Der wird ihn für übergeschnappt halten und womöglich die Polizei rufen. Und was soll er der sagen? Dass er tagelang in einem stockfinsteren Raum gefangen gehalten und nun neben diesem Maisfeld freigelassen wurde? Dass er für beides keine Gründe wisse?

Nein, das wird ihm niemand abnehmen. Erst muss er sich selber darüber klarwerden, was da mit ihm passiert ist und vor allem warum. In der anderen Richtung sieht er einen Kirchturm. Dann muss dort ein Dorf sein, in dem er sich eine Zeitung kaufen und feststellen kann, welcher Tag heute ist und wie der Ort heißt. Und wenn er das weiß, kommt er von dort auch irgendwie nach Hause. Ja, das ist es, was er sich am meisten ersehnt. Eine Rückkehr in seine Wohnung, wo er sofort ein Bad nehmen möchte, um all das abzuspülen, was an ihm klebt.

Er fasst in die Innentasche seines Jacketts. Ja, seine Brieftasche ist noch da, auch der Autoschlüssel. Dann hatte derjenige, der ihn gefangen gehalten hat, es auf nichts Materielles abgesehen, sondern nur auf ihn. Ganz allein auf ihn. Unglaublich, denkt er. Ob er wohl jemals rauskriegen wird, was das alles zu bedeuten hatte?

2.

Die ersten Junitage waren regnerisch gewesen, aber in den Morgenstunden des neuen Tages hatten sich die Wolken plötzlich verzogen und die Sonne war hervorgekommen. Sofort war es merklich wärmer geworden. Zeit, um endlich mal wieder aus der Bude zu kommen, fand Bernhard Völkel. Er könnte durch den Zoo laufen, überlegte er, und bei den Tapiren und Nashörnern vorbeischauen. Die würden ihn vermutlich gar nicht mehr kennen, so lange hatten sie ihn nicht gesehen. Und er sie.

Er hatte Zeit in dieser Woche, konnte machen, was er wollte, denn Anita war für vier Tage zu einer Freundin nach Speyer gefahren. Ihr Sohn würde in der Zwischenzeit ihre Vogelzucht betreuen, hatte sie ihm gesagt. Aber wenn er wolle, könne er zwischendurch ruhig mal in Werl vorbeischauen, ihr Sohn würde sich über Hilfe freuen. Klar, irgendwann in den nächsten

Tagen könnte Völkel das wirklich tun, auch wenn die Hilfe eher zweitrangig sein würde. Von Vogelzucht hatte er nämlich keine Ahnung, er war schon froh, wenn er einen Nymphensittich von einem Graupapagei unterscheiden konnte.

Aber das wäre nicht das Wichtigste. Er könnte mal, wenn er nach Werl führe, in aller Ruhe mit Thomas reden, nur sie beide, ganz ungestört. Seit er mit Anita zusammen war, gehörte ihr Sohn schließlich auch zu seiner Familie. Anita hatte inzwischen ein harmonisches Verhältnis zu seiner Tochter Kathrin, höchste Zeit also für ihn, nachzuziehen. Aber Thomas arbeitete in einem Steuerbüro in Werl und Steuern waren das Letzte, wofür Völkel sich interessierte. Wenn man von jenen Steuern absah, um die die Reichen den Staat durch alle möglichen Tricks betrogen, worüber Völkel sich immer aufregen konnte. Thomas dagegen blieb, wenn sie darüber sprachen, eher ruhig. Er stand ja auch auf der anderen Seite und zeigte seinen Klienten Tricks, mit denen sie Steuern sparen konnten. Aber egal, sie würden schon ein Thema finden, das sie zusammenbrachte.

Gut, das würde er Mittwoch oder Donnerstag machen. Und heute? Irgendwie, merkte er, hatte er keinen Bock auf Tiere. Die letzten Tage waren grau gewesen, grau und verregnet. Deshalb hatte er Lust auf etwas Buntes, und bunt, ja bunt waren die Blumenbeete im Westfalenpark. Dort, im Schatten des großen Fernsehturms, könnte er wunderbar spazieren gehen.

Es war kurz nach elf, als er in einer Seitenstraße der viel befahrenen B1 parkte. Von dort aus war er schnell am Parkeingang. In der einen Richtung, gar nicht weit entfernt, befand sich der Phoenix-See, in der anderen, meistens verdeckt von hohen Bäumen, befand sich das Borussenstadion.

Tatsächlich, als er die Wege zwischen den Blumenbeeten entlang lief, wusste er, dass seine Entscheidung richtig gewesen war. Das Rot, Gelb und Blau der Blüten hob deutlich seine Stimmung. Komisch, wie abhängig man doch vom Wetter war, dachte er. Und von den Farben, die im Licht der Sonne erstrahlten oder bei Regen ihren Glanz verloren. Er genoss den Spaziergang. Ob er heute Abend noch in seine Stammkneipe im Kreuzviertel gehen würde, ließ er erst mal offen. Sein Freund Hugo hatte vorgeschlagen, sich da zu einer Skatrunde zu treffen. Einen dritten Mann würden sie garantiert finden. Skat wäre nicht schlecht, dachte Völkel, aber dabei würden Runden bestellt, eine nach der anderen, immer kurz, lang, also Bier und Schnaps im Wechsel, und er konnte sich dann schlecht raushalten. Also wusste er, wie der morgige Tag beginnen würde. Mit Brummschädel und schlechter Laune nämlich. Nein, wahrscheinlich würde Völkel nicht hingehen.

Die Begonien in ihren unterschiedlichen Rot- und Gelbtönen gefielen ihm gut, aber auch die Gartenhortensien. Sie erinnerten ihn an seine Mutter, die Hortensien sehr geliebt und auf ein schmales Beet direkt gegenüber der Haustür gepflanzt hatte. So hatte ihn in seiner Kindheit, wenn er aus dem Haus getreten war, eine Phalanx an roten Blüten empfangen.

Schließlich steuerte er das Gartenrestaurant an den Wasserteichen an. Dort einen Cappuccino und vielleicht ein Stück Kuchen, das wäre ein guter Abschluss, dachte er. Tatsächlich entdeckte er Kirschstreusel in den Glasvitrinen am Eingang. Er bestellte und setzte sich an einen freien Tisch auf der Terrasse. Die Bedienung war schnell, kurz darauf standen Kuchen und Cappuccino vor ihm. Kuchen gegen halb zwei, Völkel musste über sich selber schmunzeln. Jetzt wären eigentlich ein Schnitzel oder eine Pizza fällig. Aber Völkel war nur sich selber Rechenschaft schuldig, er konnte machen, was er wollte. Warum also nicht Kuchen zur Mittagszeit? Das war auch eine Form von Freiheit!

Er hatte gerade zwei Bissen von dem Kirschstreusel probiert, da setzte sich ein Mann zu ihm an den Tisch. Völkel fühlte sich gestört. Verdammt, hier waren noch genug freie Plätze, warum setzte sich der Kerl nicht woanders hin? Mit dem Typen an seiner Seite fiel es ihm schwerer, die schöne Situation zu genießen. Völkel setzte sich so um, dass er dem Mann den Rücken zudrehte. Sollte der ruhig merken, dass er störte. Aber der Mann blieb ungerührt sitzen. Völkel merkte, dass er ihn aus den Augenwinkeln beobachtete. Verdammt, was wollte der Kerl von ihm? Konnte man hier nicht mal in Ruhe die Sonne genießen? Beim nächsten Bissen hatte Völkel das Gefühl, dass ihm der Kirschstreusel schon deutlich weniger schmeckte. Jetzt war es also passiert. Aus, vorbei, die Stimmung war dahin.

„Sie sind doch der Kommissar Völkel."

Im ersten Moment war Völkel so sehr von der Stimme überrascht, dass er sich umdrehte. Aber nein, es hatte sich niemand von hinten genähert, es war der Mann neben ihm gewesen, der ihn angesprochen hatte. Er zögerte mit der Antwort. Was wollte der Kerl von ihm? Wollte er ihm jetzt auch noch ein Gespräch aufschwatzen? Als der Mann Völkels Zögern registrierte, setzte er zu einer Erklärung an.

„Ich kenne Sie, weil ich mal für unsere Zeitung über Sie berichtet habe, damals, als Sie noch aktiv waren."

Jetzt war Völkel nicht mehr überrascht, sondern er wurde vorsichtig. Stimmte es, was der Mann da sagte, war er wirklich Journalist? Oder hatte er sich nur besonders gut über ihn informiert, um ihn in irgendwas reinzuziehen? Er hatte so was schon mal erlebt, es war wie ein Déjà-vu-Erlebnis. Da hatte sich der Direktor des Museums für Kunstgeschichte im Café an der Reinoldikirche neben ihn gesetzt, hatte ihm was von einem archäologischen Schatz erzählt, der illegal angeboten wurde, und er, Völkel, war unbedacht in eine gefährliche Geschichte hineingeraten, die ihn beinahe Kopf und Kragen gekostet hätte. Nicht noch mal, dachte er, bloß das nicht. Wieder trat ein Moment der Stille ein.

„Sie sind skeptisch, ich verstehe das. Ich wäre es auch, wenn mich jemand so unvermittelt anspricht."

Jetzt ließ der Mann erst gar keine Pause mehr eintreten, sondern sprach gleich weiter.

„Ob Sie es glauben oder nicht, Herr Kommissar, ich bin entführt worden."

Ja und, wollte Völkel antworten, jetzt sind Sie es nicht mehr, denn Sie sitzen doch vor mir. Ist doch alles gutgegangen, wo ist das Problem? Der Mann schien seine Gedanken zu erraten.

„Wissen Sie, ich bin zwar wieder frei, aber die Sache ist für mich trotzdem nicht vorbei."

„Wollen Sie das Lösegeld wiederhaben, das für Sie bezahlt worden ist?"

„Sehen Sie, Herr Kommissar, das ist einer der Punkte, die mich beunruhigen und weshalb das alles noch nicht für mich vorbei ist. Es ist gar kein Lösegeld gezahlt worden."

Völkel schüttelte mit dem Kopf. Was war das denn für eine blödsinnige Erklärung? Dann war doch erst recht alles gut, weshalb belästigte der Kerl ihn dann mit dieser Geschichte? Der Mann bemerkte es.

„Ja, über das, was ich erlebt habe, kann man wirklich nur den Kopf schütteln." Und dann erzählte er ihm, dass er auf dem Weg zu einem Pressetermin im Dortmunder Norden plötzlich einen elektrischen Schlag wie von einem Elektroschocker im Rücken gespürt hätte und kurz darauf einen Stich in den Oberschenkel. Danach sei er ohnmächtig geworden und erst in einem stockfinsteren Raum wieder wach geworden, in dem er, wie sich später herausgestellt hätte, fast drei Tage verbracht hätte. Dort sei er, mit Lederriemen an eine Liege gefesselt, von einer Person gefangen gehalten worden.

Er schob die Ärmel seiner Jacke hoch und zeigte ihm seine Handgelenke. Tatsächlich, da waren Striemen wie von einer Fessel erkennbar. Völkel schaute nur kurz hin. Viel auszusagen hatte das nicht, so was konnte man sich leicht selber beibringen, vielleicht bei einem Fesselspiel. Völkel kannte sich da nicht so gut aus.

In all der Zeit hätte die Person kein einziges Wort mit ihm gesprochen, fuhr der Mann fort. Gesehen hätte er von ihr in dem stockfinsteren Raum sowieso nichts, weshalb er nicht mal sicher sei, ob es ein Mann oder eine Frau gewesen sei. Er glaube aber, dass es ein Mann war, so kräftig wie die Person ihn beim Gang zur Toilette angefasst hätte. Einmal, erzählte er dann, hätte er so ein merkwürdiges Klicken gehört. Ein Klicken wie von einer Pistole. In dem Moment hätte er mit seinem Leben abgeschlossen, aber es sei nicht geschossen worden. Er atmete tief durch, nachdem er das gesagt hatte.

Völkel hörte anfangs nur mit halbem Ohr hin, aber je länger der Bericht dauerte, desto aufmerksamer wurde er. Das war wirklich eine merkwürdige Geschichte, unglaublich, was sich dieser Typ da hatte einfallen lassen. Denn natürlich war es Unsinn, was er erzählte. Das war ein Mann mit blühender Fantasie, der besser daran täte, Krimis zu schreiben, als jemanden wie ihn mit so einer Geschichte zu belästigen.

„Aber irgendwann hat die Person Sie dann doch losgebunden und Sie sind nach Hause gegangen und haben Ihrer Frau diese schöne Geschichte erzählt, um zu erklären, warum Sie drei Tage lang nicht nach Hause gekommen sind." Völkel schmunzelte, während er das sagte.

Der Mann schüttelte den Kopf, sein Gesichtsausdruck wirkte plötzlich sehr angestrengt.

„Ich weiß, dass das alles unwahrscheinlich klingt", sagte er. „Wenn ich es nicht selber erlebt hätte, würde ich es auch nicht glauben. Die Person hat mich übrigens nicht einfach so freigelassen. Nach knapp drei Tagen habe ich wieder einen Stich in den Oberschenkel gespürt und bin dann neben einem Maisfeld nahe beim Schiffshebewerk Henrichenburg wach geworden."

Er starrte mit traurigem Blick auf die Tischplatte. Völkel schaute sich den Mann genau an. Eigentlich sah er ganz normal aus. Blauweiß kariertes Hemd, die Ärmel lässig aufgekrempelt, dazu eine blaue Jeans, die dunkelblonden Haare nach hinten gekämmt. Er hatte ein kantiges Kinn, war schlank und durchtrainiert, allerdings ein wenig blass. Aber in der Blässe, so kam es Völkel vor, schimmerte die Bräune vom Sonnenstudio durch. Ein Typ also, der auf sein Äußeres achtete und offensichtlich wusste, was er wollte, der aber jetzt wirklich erschüttert zu sein schien.

„Und die Person, die Sie gefangen gehalten hat, hat wirklich keine Forderungen gestellt? Nicht an Sie oder über Mail an Personen aus Ihrem Umfeld, damit sie Geld auf Auslandskonten überweisen?"

Der Mann schüttelte wieder den Kopf.

„Wenn sie das getan hätte, wüsste ich wenigstens, warum das alles passiert ist. Dann könnte ich mich vielleicht damit abfinden. Aber das hat sie nicht. Drei Tage hat sie mich gefangen gehalten, einfach so, ohne mir etwas zu erklären, und dann hat sie mich wieder freigelassen. Ebenfalls ohne Erklärung."

Von so einem Verbrechen hatte Völkel noch nie gehört, auch nicht während seiner Dienstzeit. Der Mann begann, ihn zu interessieren.

„Elektroschocker hinterlassen manchmal kleine Brandspuren", sagte er. „Haben Sie so eine Stelle am Körper?"

„Als ich mich nach meiner Freilassung gebadet habe, hatte ich eine Rötung auf dem Rücken. Aber die ist inzwischen verblasst."

„Und eine Stelle, die auf einen Einstich hindeutet?"

Der Mann schüttelte mit dem Kopf.

Schade, dachte Völkel, ein bisschen mehr Glaubwürdigkeit wäre gut gewesen. Aber wenn es stimmte, was der Mann sagte, konnte es gar nicht anders sein, solche Spuren verblassten schnell.

„Und Sie sind wirklich Journalist?", fragte er.

„Ja, Thomas Holbein von der Dortmunder Tageszeitung. Ich schreibe hauptsächlich für die Stadtteile im Norden, Eving oder Mengede zum Beispiel. Einmal auch über Sie. Da haben Sie einen Fall in einem dieser Stadtteile gelöst. Aber was das genau für ein Fall war, weiß ich nicht mehr."

„Ich auch nicht." Es war nicht nur so, dass Völkel es nicht mehr wusste, er wollte sich auch nicht mehr daran erinnern. Das alles lag weit zurück.

„Manchmal schreibe ich auch für die Sportredaktion, weil Sport mein Hobby ist."

„Welche Sportart?"

„Ich habe früher Handball gespielt."

„Ich auch, als Jugendlicher." Völkel schmunzelte. „Später bin ich eine Zeit lang zu Tauchtouren gefahren, aber das soll ich jetzt nicht mehr."

„Hat das mit Ihrer Schussverletzung zu tun, die Sie beinahe das Leben gekostet hätte?"

Donnerwetter, Völkel sah ihn erstaunt an. Der Typ wusste ja sehr genau über ihn Bescheid. Holbein bemerkte seinen Blick.

„Vielleicht war es auch dieser Fall, über den ich damals berichtet habe, und ich erinnere mich deshalb so genau daran."

Darüber wollte Völkel nun gar nichts mehr hören. Es gab Momente im Leben, die musste man einfach verdrängen, seine lebensgefährliche Schussverletzung gehörte auf jeden Fall dazu. So wie Holbein gut daran täte, seine angebliche Entführung zu verdrängen. Aber konnte man das? Gerade Völkel musste es besser wissen.

„Wenn Sie wirklich entführt worden sind, ist das eine Sache der Polizei. Entführung ist ein schwerwiegendes Verbrechen."

„Aber da glaubt mir doch kein Mensch. Sie tun das doch auch nicht."

Holbein schwieg einen Moment lang. Völkel merkte erst jetzt, dass die Finger des Mannes leicht zitterten.

„Als ich mit dieser Geschichte zur Polizei gegangen bin, musste ich aufpassen, dass die mich nicht in die Klapse stecken."

Völkel musste schmunzeln. Das war ein Satz, dem er schlecht widersprechen konnte. Im Gegenteil, wäre er noch im Dienst, hätte er genauso geurteilt. Aber die Einschätzungen, die der Typ zu seiner Geschichte vornahm, klangen alle vernünftig. Langsam wurde Völkel die Sache unbehaglich.

„Haben Sie Feinde? Ich meine, gibt es in Ihrem Umfeld Leute, denen Sie so übel mitgespielt haben, dass die zu solchen Mitteln greifen?"

Der Satz war Völkel einfach rausgerutscht. Vorsichtig, rief er sich selber zu, pass auf, in was für eine Sache du da reinrutschst, wenn du so weiterfragst.

„Jeder hat Gegner", antwortete Holbein. „Leute, die er irgendwann im Leben mal verletzt hat, bei Journalisten bleibt das sowieso nicht aus. Aber was müsste ich da jemandem angetan haben, dass er so etwas mit mir anstellt?"

Auch das klang vernünftig. Völkel aß gedankenverloren die beiden letzten Stücke von seinem Kirschstreusel.

„Sehen Sie, Herr Kommissar, wenn ich wenigstens die geringste Erklärung hätte, würde ich vielleicht darüber hinwegkommen." Es war ein unsteter Blick, mit dem er Völkel jetzt ansah, seine Finger zitterten immer noch. „Ja, vielleicht würde ich das. Aber wie es jetzt steht, kann ich meine Angst nicht überwinden. Jetzt muss ich immer befürchten, irgendwann wieder einen Elektroschock im Rücken zu spüren und dann tagelang in einem stockfinsteren Raum gefangen zu sein. Noch mal kann ich den Horror nicht aushalten, verstehen Sie. Ich habe Albträume, ich kann nicht mehr richtig schlafen. Es war grausam. Ich war mehr tot als lebendig."

Holbein ließ die Schultern hängen und starrte wieder auf die Tischplatte. So, wie er da saß, tat er Völkel leid. Aber bevor er seinem Mitleid nachgab, versuchte er wieder, sich zur Ordnung zu rufen. Vorsichtig, dachte er, pass auf, was du tust.

Eine Zeit lang schwiegen sie beide, dann hob Holbein den Kopf. Es schien so, als hätte er Völkels Zweifel bemerkt.

„Ich will nicht mal unbedingt, dass der Täter gefasst wird. Das will ich natürlich auch, verstehen Sie mich nicht falsch. Aber von mir aus kann das später passieren. Zuerst einmal will ich nur wissen, warum es geschehen ist, damit ich wieder frei atmen kann. Ich will die Gründe kennen, damit ich mich darauf einstellen kann."

Völkel wusste genau, was jetzt für eine Frage kam.

„Ich verstehe ja, dass die Geschichte unglaubwürdig klingt", fuhr Holbein denn auch fort. „Deshalb verlange ich auch gar nicht, dass Sie sofort zustimmen, sich um die Sache zu kümmern. Ich gebe Ihnen zwei Tage Zeit. Sagen wir bis Mittwoch, derselbe Ort, dieselbe Uhrzeit, also gegen halb drei. Wenn Sie wieder hierher kommen, weiß ich, dass Sie bereit sind, mir zu helfen. Wenigstens so weit zu helfen, dass ich genügend Fakten kenne, die ich an die Polizei weiterreichen kann. Dann können die ihre Ermittlungen aufnehmen und den Rest rausfinden. Was meinen Sie? Könnten wir uns darauf verständigen?"

3.

Völkel hatte nicht widersprochen, aber sofort nach der Trennung versucht, die Sache abzuhaken. Das war doch alles nur Spinnerei, so was gab es gar nicht. Als er langsam zu seinem Auto zurücklief, merkte er, dass er jetzt doch ein Bier nötig hatte, um runterzuspülen, was ihm quer im Magen lag. Er fuhr ins Kreuzviertel und suchte dort lange nach einem Parkplatz. Irgendwann hatte er das Glück, dass einer der Anwohner wegfuhr.

Es war erst Viertel nach vier, als er an der Theke im „Schilling" saß. Natürlich waren schon einige Leute gekommen, die meisten von ihnen kannte er vom Sehen. Bier wurde auch getrunken. Hugo war noch nicht da, Völkel hatte auch nicht damit gerechnet. Die Skatrunde sollte ja erst am Abend starten, aber Lust darauf hatte er immer noch nicht. Er hatte einfach das Bedürfnis, seinen Gedanken nachzuhängen. Auch Klaus, der Wirt, schien das zu merken.

„Na, heute keine Lust, über Borussia zu reden?"

„Jetzt nicht. Nachher vielleicht." Er nahm einen kräftigen Schluck aus dem Bierglas. Eine Zeit lang gelang es ihm, leer zu bleiben und an nichts zu denken. Dann kamen ihm bedrückende Gedanken, gegen die er sich vergeblich wehrte. Er stellte sich vor, wie es wäre, an Händen und Füßen gefesselt zu sein und sich nicht bewegen zu können. Nicht für eine oder zwei Stunden, sondern tagelang. Wenn ihn jetzt zum Beispiel jemand packen, auf die Tischplatte drüben am Fenster drücken und dort festbinden würde, wie würde sich das anfühlen? Er starrte in die Richtung, hielt die Arme an den Körper gepresst und begann, mit den Schultern zu zucken, um sich zu befreien. Aber nein, verdammt, er konnte sich in Gedanken nicht mehr bewegen. Seine Fantasie nahm ihn vollständig in Beschlag, so dass es selbst Klaus hinter der Theke auffiel.

„Ist was?", fragte er.

„Nee, warum?"

„Weil du so komisch guckst und dauernd mit den Schultern zuckst."

Völkel fühlte sich gestört in seinen Gedanken.

„Darf man das nicht?"

„Doch, du darfst hier fast alles. Ich habe nur gemeint, du hättest einen Krampf im Rücken und ich müsste dir helfen."

Jetzt musste Völkel schmunzeln.

„Nee, lass mal, ist schon in Ordnung. Zapf mir noch ein Bier."

Er merkte, dass er hier heute nicht alt werden würde. Auch wenn er seine Arme wieder frei bewegen konnte, wenn Klaus ihn also tatsächlich mit seiner Frage von einem Krampf befreit hatte, stürzten die Gedanken doch weiter auf ihn ein. Er musste allein sein, um sie zu ordnen. Das zweite Bier noch, das Klaus gerade anzapfte, danach vielleicht noch eines, aber spätestens dann wurde es Zeit, nach Hause zu gehen. Verdammt, der Tag hatte eine ganz andere Richtung genommen, als er das geplant hatte.

4.

Am nächsten Morgen lief er zur Zeitung am Westenhellweg. In der Geschäftsstelle der Dortmunder Tageszeitung konnte man in einem Ordner die Zeitungsausgaben der letzten Wochen durchblättern. Wenn es drauf ankam, könnte er sich auch Ordner mit noch älteren Ausgaben geben lassen. Er wollte lesen, was dieser Holbein schrieb. Was für ein Typ von Journalist er war.

Beim Eintritt in die Geschäftsstelle grüßte er höflich die beiden Damen hinter der Theke, die Anzeigen aufnahmen, Karten für Kulturereignisse in der Stadt verkauften oder einfach die heutige Ausgabe.

Auf einem Lesepult lagen zwei dicke Ordner. Völkel begann, in dem mit den neueren Ausgaben zu blättern. Dabei musste er sich zwingen, nur auf den Lokalteil zu achten und nicht auf der Sportseite hängen zu bleiben. Auch wenn die Berichte schon älter waren, was über Borussia geschrieben wurde, war immer interessant.

Die Artikel, die mit Holbein gezeichnet waren, las er ganz durch. Doch, Holbein hatte eine gute Schreibe. Die Sätze lasen sich flüssig, oft begann er seine Artikel mit einem Satz, der Leseinteresse weckte. Sie waren auch gut recherchiert, bei kontroversen Themen gab er allen Parteien Raum, ihre Position darzustellen. Die Statements, die Holbein in seine Texte einbaute, zeigten, dass er genau nachfragte. Manchmal auch so genau, dass es für die Befragten unangenehm gewesen sein musste. Ob er dabei mal übertrieben hatte?

Völkel hatte bestimmt schon ein gutes Dutzend Artikel gelesen, als er plötzlich ein Kichern hinter sich hörte. Überrascht drehte er sich um und sah vor sich die beiden Damen, die hinter der Theke hervorgekommen waren. Die eine hielt ihm einen Hocker hin, die andere eine Tasse Kaffee.

„Bitte nehmen Sie", sagte die etwas Ältere, „so ist es doch angenehmer."

Völkel ging auf den Spaß ein.

„Oh, danke, sehr nett. Dass mich gleich zwei charmante Damen verwöhnen, bin ich gar nicht mehr gewöhnt."

Im selben Moment stutzte er. War die Formulierung zu zweideutig gewesen? Er war einen Moment lang unsicher, aber die beiden Damen hatten es nicht so verstanden, sondern kicherten laut los.

„Gern geschehen, der Herr", antwortete die Jüngere. „Wir freuen uns doch, wenn wir jemandem beim Lesen unserer Zeitung behilflich sein können."

Doch, das war eine schöne Idee. Völkel half es und die beiden hatten sich einen Spaß gegönnt. Vielleicht hätten sie das Gespräch noch eine Zeit lang fortgesetzt, aber in diesem Moment betraten zwei Männer die Geschäftsstelle und die Frauen mussten zurück an ihren Arbeitsplatz.

Völkel setzte sich auf den Hocker, trank einen Schluck Kaffee und blätterte weiter. Irgendwas, merkte er, störte ihn mit der Zeit doch an den Artikeln. Er musste aber noch ein paar lesen, bevor er merkte, was es war. Holbein spitzte zu. Er war nicht durchgängig um Sachlichkeit bemüht, sondern suchte manchmal auch die Sensation oder das Skandälchen, selbst wenn es die Geschichte nicht hergab. In solchen Fällen kitzelte er es eben heraus. Völkel verstand ihn. Klar, so was steigerte das Leseinteresse und schaffte, wenn das Feuer mal entfacht war, Raum für Folgegeschichten. Nicht schlecht für die Zeitung, aber die Methode gefiel ihm trotzdem nicht. Sie war oberflächlich, übersah Nuancen und stellte Nebenaspekte übertrieben groß heraus. Klar, damit kann man sich auch Gegner schaffen, dachte Völkel. Aber bei den meisten dieser Geschichten ging es um unwichtige Themen, manchmal sogar um Banalitäten. Ob sich deshalb jemand mit einer Entführung rächen würde?

Eine Geschichte, die er in dem zweiten Ordner mit den älteren Ausgaben entdeckte, ragte allerdings heraus. Da ging es um einen wirklichen Skandal mit schwerwiegenden Folgen. Holbein hatte nämlich herausgefunden, dass eine Recyclingfirma auf ihrem Betriebsgelände am Dortmunder Hafen Giftmüll unsachgemäß gelagert hatte. Wochenlang hatte Holbein über diesen Skandal berichtet, bei dem es zuerst so ausgesehen hatte, als wäre er gar keiner gewesen. Der Geschäftsführer der Firma, ein Dr. Dietrich, hatte nämlich alles abgestritten und bei weiterer, wie er sagte, verlogener Berichterstattung mit Klage gedroht. Aber Holbein hatte sich nicht einschüchtern lassen und weiter berichtet, dass hochgradig vergifteter Müll einfach in offenen Containern gelagert werde und Regen ungehindert darauf falle. Das giftige Regenwasser würde dann das Erdreich verseuchen oder einfach in den Gully gekippt werden. Der Giftmüll selbst werde auch nicht sachgemäß entsorgt, sondern einfach irgendwohin verschifft. Holbein hatte irgendeinen afrikanischen Staat vermutet, der für ein Trinkgeld den Dreck übernehme. Trinkgeld, das war das Wort, das er wirklich benutzt hatte. Artikel, Gegendarstellung mit immer wüsteren Drohungen des Geschäftsführers, eine Zeit lang hatten Stadt und Zeitung ihren Skandal gehabt. Völkel erinnerte sich, dass er diese Geschichte auch mitbekommen hatte. Aber erst jetzt, wo er die Artikel in Ruhe nachlas, merkte er, was da für eine Zeitbombe getickt hatte. Denn das war es wirklich gewesen, eine Zeitbombe, die drohte, den gesamten Hafen zu kontaminieren. Damals war ihm das gar nicht als so gefährlich vorgekommen.

Mitten in dem Kampf, als Dietrich angekündigt hatte, sein Betrieb würde eine Spezialfirma mit der Untersuchung der Vorwürfe beauftragen, um sie endgültig zu widerlegen, war über Nacht eine Untersuchungskommission der Bezirksregierung angerückt, hatte Bodenproben entnommen und festgestellt, dass das Gelände tatsächlich hochgradig kontaminiert war. Ein Triumph für die Zeitung, den sie entsprechend abgefeiert hatte. Und Holbein hatte glänzend dagestanden. Respekt. Völkel merkte, wie er unmerklich nickte. Wenige Tage später war die Firma geschlossen worden.

Wie konnte Holbein sicher gewesen sein, dass die Vorwürfe stimmten? Er hatte viel riskiert. Wenn das schiefgegangen wäre, wären er und die Zeitung blamiert gewesen. Er musste einen guten Informanten gehabt haben, vermutete Völkel. Einen, der nahe genug am Geschehen und damit absolut glaubwürdig gewesen war. Also einer aus dem Betrieb. Aber gut, das war jetzt nichts, was Völkel interessierte. Der vermeintliche Informant hatte keinen Grund, etwas gegen Holbein zu unternehmen, im Gegenteil, seine Zusammenarbeit mit Holbein hatte doch vorzüglich geklappt.

Aber für die anderen Beteiligten war das eine Geschichte mit Sprengstoff gewesen, daran gab es keinen Zweifel. Da war Wut zurückgeblieben, bei dem Geschäftsführer, dem Firmeninhaber, vielleicht sogar bei der Belegschaft. Aber deshalb so eine Entführung mit der Freilassung am Ende, einfach um Holbein in Angst und Schrecken zu versetzen? Völkel überlegte. Auszuschließen war es nicht, dachte er dann, deshalb merkte er sich vorsorglich den Namen des Geschäftsführers und den der Firma. „ÖGE" hieß sie, was „Ökologische Giftmüllentsorgung" bedeutete. Wenn das kein Zynismus war! Normalerweise hätte Völkel gelacht, aber in diesem Fall gab es nun wirklich keinen Anlass dazu. Die Namen merkte er sich übrigens nur für den Fall der Fälle, denn ob er in dieser Sache wirklich etwas unternehmen würde, hatte er noch nicht entschieden. Erst mal galt es, sich einen Überblick zu verschaffen, dann war immer noch Zeit dafür.

Der letzte Rest des Kaffees war schon kalt geworden, aber Völkel trank ihn trotzdem. Er wollte den Frauen gegenüber auf keinen Fall unhöflich erscheinen und das wäre ihm so vorgekommen, wenn er etwas übrig gelassen hätte.

Er trug den Hocker zurück zur Theke und bedankte sich ausgiebig. Die beiden Damen freuten sich.

„Man kann unsere Zeitung auch abonnieren, dann muss man nicht so viel an einem Tag lesen", sagte die Ältere, während die Jüngere lachte. Nicht schlecht argumentiert, dachte Völkel, werbewirksam waren die beiden auch noch. Dann machte er sich auf den Weg durch die Fußgängerzone zum Alten Markt.

Es war wieder warm, nur wenige Wolken zogen über die Stadt hinweg. Die Anzahl der Bettler hatte in letzter Zeit wieder zugenommen, stellte er fest. Immer, wenn er über den Ostenhellweg lief, achtete er auf die Abstände zwischen ihnen. Alle fünfzig Meter stand oder kniete inzwischen einer von ihnen und hielt die Hände vorgestreckt. Manche schienen Südosteuropäer zu sein, Rumänen vermutlich, andere hielt er für Einheimische, also für echte Dortmunder. Völkel hatte immer ein beklemmendes Gefühl, wenn er an dieser Phalanx vorbeilief. Wo sollte das hinführen, diese Spaltung der Gesellschaft, in Europa, aber auch im eigenen Land? Manchmal verteilte er sein Kleingeld, manchmal auch nicht, weil ihn dabei ein Gefühl der Hilflosigkeit überkam. Er konnte doch sowieso nichts an dem Zustand dieser Leute ändern.

Am Alten Markt setzte er sich an einen Außentisch der Gastwirtschaft, die nach dem Platz benannt war. Es war früher Nachmittag und er verspürte einen leichten Hunger. Deshalb bestellte er, was er in dieser Kneipe fast immer bestellte, nämlich einen Salzkuchen, also ein Kümmelbrötchen mit Mett. Oft trank er dazu ein Bier. Einen „Durch" nannte man das hier, weil das Bierglas in einem Zug gefüllt, der Zapfhahn also einmal durchgezogen wurde. Heute trank er aber eine

Cola und kein Bier. Für Alkohol, fand er, war es noch zu früh am Tag.

Während er genüsslich den Salzkuchen verzehrte, beobachtete er die Leute auf dem Platz. Viele liefen hinüber zum Fan-Shop von Borussia auf der gegenüberliegenden Seite des Platzes. Ja, Borussia hatte immer Konjunktur in dieser Stadt, in diesem Jahr ganz besonders. Der Verein hatte viele junge Spieler gekauft und dafür mehrere Nationalspieler abgegeben. Überall wurde jetzt diskutiert, ob die Jungen auch wirklich große Talente wären und die entstandenen Lücken ausfüllen könnten oder nicht. Völkel beteiligte sich daran, er war optimistisch. Ja, das würde gut gehen mit der neuen Mannschaft, glaubte er.

Manche, die dem Fan-Shop zustrebten, waren schon komplett schwarzgelb gekleidet, unklar, welche Fanartikel die jetzt noch haben wollten. Völkel würde sich nie so kleiden. Es genügte ihm, die Spiele von Borussia zu sehen, meistens im Fernsehen, manchmal auch im Stadion. Aber jedem gleich durch Kleidung zu signalisieren, welches Hobby er hatte, kam ihm blöd vor. Dafür war er nicht der Typ.

Sein zweiter Blick galt den jungen Frauen. Die sommerlich luftige Kleidung bescherte ihm ein paar attraktive Anblicke, Völkel war sehr angetan.

Als er das Brötchen gegessen hatte, griff er zu seinem Handy und rief seinen ehemaligen Kollegen Jürgen Wolter an. Er hätte auch an seinen alten Arbeitsplatz ins Präsidium gehen können, aber er wollte den Frotzeleien, ob er sich nicht trennen könne von der Polizei, aus dem Weg gehen. Er hatte den Umstieg ins Rentnerdasein doch gut geschafft, fand er. Obwohl, wenn er dazu seine Tochter Kathrin oder Anita befragen würde, würden die ihm wahrscheinlich was anderes sagen.

Wolter hatte gute Laune, er freute sich über Völkels Anruf.

„Mensch, wurde auch mal wieder Zeit, dass du anrufst!", rief er. „Wir sollten uns mal wieder treffen, auf eine Tasse Kaffee am Nachmittag oder ein Bierchen am Abend."

„Gute Idee. Hast du denn im Moment viel zu tun?"

„Naja, das Übliche. Paar Einbrüche, bisschen Drogenkriminalität, du kennst das ja."

Klar kannte Völkel das. Und jetzt, wo er das hörte, war er froh, nichts mehr damit zu tun zu haben.

„Sag mal, kennst du eigentlich einen Thomas Holbein?", fragte er ihn.

„Sag bloß, du willst dich um diese Sache kümmern."

Völkel war überrascht, wie schnell diese Antwort kam.

„Also weißt du davon."

„Klar, der war auch bei uns. Das ist doch eine Geschichte, die stimmt hinten und vorne nicht: Ein Mann, der einfach so entführt und nach drei Tagen frei gelassen wird, ohne dass der Entführer auch nur ein Wort mit ihm wechselt. Wer soll so was glauben?"

„Stimmt, darüber habe ich mich auch gewundert. Wenn einer einen Menschen entführt, will er doch was von dem."

„Eben. Nein, das hat sich dieser Holbein alles ausgedacht."

„Aber warum? Was will er damit erreichen?"

„Aufmerksamkeit. Bei der Aufdeckung des Giftmüllskandals stand er schon mal im Mittelpunkt und jetzt will er da auch bleiben."

Das hatte Wolter also auch schon rausgefunden, mit so einem Ablauf des Gesprächs hatte Völkel nicht gerechnet.

„Du musst viel Zeit haben, wenn du dich um so eine Sache kümmerst. Zu deiner Zeit hier wäre die sofort im Papierkorb gelandet."

Das wäre sie wohl wirklich, Völkel konnte schlecht widersprechen. Die Geschichte enthielt zu viele Ungereimtheiten, zu vieles ergab einfach keinen Sinn. Aber dass sich jemand so eine Geschichte ausdachte, nur um noch einmal im Mittelpunkt zu stehen, kam ihm auch ungereimt vor. Hätte es da nicht bessere Möglichkeiten gegeben?

Das änderte aber nichts daran, dass ihm Wolters Aussage unangenehm war. Hatte er wirklich so viel Zeit, dass er bereit war, sich mit den unwahrscheinlichsten Geschichten rumzuschlagen? Dann erweckte er ja den Eindruck, als wüsste er nichts anzufangen mit seiner Zeit.

Peinlich, dachte Völkel, verdammt peinlich, diese Situation. Ich hätte Wolter nicht anrufen dürfen.

Es war schließlich Wolter, der ihn von diesen Gedanken erlöste.

„Also, du musst selber wissen, was du tust. Aber wenn du was rausfindest, dann informierst du mich. Das ist ja wohl selbstverständlich."

„Du mich umgekehrt auch."

„Versprochen. Aber geh davon aus, dass das nicht passieren wird."

Sie lachten beide, Völkel aus Erleichterung. Wolter hatte also nicht völlig ausgeschlossen, dass an der Sache doch was dran sein könnte. Oder hatte er gespürt, wie peinlich das Gespräch für Völkel geworden war, und wollte ihm helfen, das Gesicht zu wahren? Dann wäre es ein Freundschaftsdienst gewesen. Egal, was es war, er sollte keinen Gedanken mehr an die Sache verschwenden. Jetzt bestellte er sich doch noch ein Bier, setzte sich so, dass er die Sonne im Rücken hatte, und schaute den Passanten nach.

5.

In der Nacht träumte Völkel, dass er gefangen war in einem stockfinsteren Raum. Hektisch tastete er die Wände ab, um eine Tür oder ein Fenster zu finden, durch das er rauskommen konnte aus der Dunkelheit, aber nirgendwo gab es einen Ausgang. Panik erfasste ihn. Warum befand er sich in diesem finsteren Raum, aus dem es keinen Ausweg gab? Er starrte in die Dunkelheit, konnte aber nichts erkennen. Plötzlich hatte er das Gefühl, dass sich noch jemand außer ihm hier befand, jemand, den er aber nicht fassen konnte, so sehr er auch versuchte, mit den Händen nach ihm zu greifen. Deshalb wollte er die Person ansprechen, aber merkwürdigerweise versagte ihm die Stimme. Was er auch versuchte, er konnte einfach keinen Kontakt zu ihr herstellen. Deshalb fing er an zu zweifeln, ob es sie wirklich gab, diese andere Person. Aber genau in dem Moment hörte er ein Klicken, das klang, als würde eine Pistole scharf gemacht. Mein Gott, er musste raus hier, so schnell wie möglich. Er wollte nicht sterben in diesem finsteren Loch. Wild schlug er um sich und … wachte schweißgebadet auf.

Verdammt, die Sache bewegte ihn also doch noch. Er schaute auf die Uhr, es war kurz nach fünf. Zu früh, um aufzustehen, selbst die Tageszeitung lag noch nicht im Briefkasten. Aber richtig einschlafen konnte er auch nicht mehr. Es war mehr ein Dösen, in das er fiel, aber wenigstens hatte er dabei keine Alpträume.

Soll ich nun hingehen oder nicht? Soll ich Holbein noch einmal treffen, um mit ihm zu beraten, was man in seiner Sache tun kann?, überlegte er, als er aufgestanden war und sich das Frühstück in der Küche zubereitete. Abwarten, dachte er und versuchte, sich auf den Sportteil in seiner Zeitung zu konzentrieren. Auf keinen Fall etwas überstürzen. Aber es gelang ihm immer nur für Augenblicke, danach kamen seine Gedanken auf Holbeins angebliche Entführung zurück. Sollte er sich wirklich auf so eine fragwürdige Geschichte einlassen, mit der er sich, wenn sie sich als Bluff erwies, nur lächerlich machte? Nein, dachte er, das kam nicht in Frage, nicht für jemanden wie ihn! Aber immer, wenn er glaubte, sich entschieden zu haben, wurde er wieder unsicher. Konnte man sich so eine völlig unglaubwürdige Geschichte wirklich ausdenken und dann einen Polizisten um Hilfe bei der Aufklärung bitten? Und vor allem zu welchem Zweck, was wollte Holbein damit erreichen? Nichts, dachte Völkel, außer dass er mich verarscht hätte. Dreist wäre das, verdammt dreist sogar. Und noch dazu völlig sinnlos.

Er schüttelte den Kopf. Nein, er kam zu keiner Klarheit. Deshalb beschloss er, erst mal einkaufen zu gehen. Für eine Entscheidung war danach immer noch Zeit.

Mit einer Jutetasche lief er zum Supermarkt in der Fußgängerzone. Bier hatte er genug im Keller – da sorgte er immer vor, als könnte es jederzeit Katastrophenalarm geben und der Ausstoß bei den Brauereien könnte ausbleiben – aber keinen Wein. Wenn Anita kam und über Nacht blieb, trank sie zum Abendessen gerne ein Gläschen. Zwei Flaschen legte er in den Einkaufskorb, roten und weißen zur Auswahl. Dazu kaufte er zwei marinierte Putenschnitzel, Käse, Kirschmarmelade und ein Paket Kaffee. Kaffee kaufte er auch immer auf Vorrat, eine Katastrophe, wenn er mal zum Frühstück auf seine zwei Tassen verzichten müsste. Als ihm einfiel, dass er auch noch Küchenpapier und Waschpulver brauchte, bereute er, dass er nicht mit dem Auto zum großen Supermarkt am Stadtrand vom Hombruch gefahren war. Jetzt musste er alles nach Hause schleppen.

Als er dort ankam, war es kurz nach elf. Es war also noch Zeit, nach Werl zu fahren, um Thomas zu treffen, selbst wenn er halb drei im Westfalenpark sein wollte. Aber da war er ja nicht sicher, ob er das wirklich tun sollte. Er entschloss sich allerdings, nicht nach Werl zu fahren, sondern zu telefonieren. Wahrscheinlich saß Thomas ja im Büro des Steuerberaters und hatte sowieso keine Zeit. So war es denn auch. Thomas saß an der Steuererklärung für irgendeine Baufirma, aber seine Freude, als er Völkels Stimme vernahm, schien echt zu sein. Wahrscheinlich langweilte ihn der Kram zwischendurch selber und er war froh über eine Abwechslung.

„Ja, mit den Vögeln ist alles in Ordnung", sagte er. „Aber ein Nymphensittich ist mir beim Füttern entwischt. Eh ich mich versah, war der aus der Voliere entwichen."

„Um Gottes willen, Anita fällt doch sofort auf, wenn einer fehlt!"

„Naja, es war ja im Vogelstall, da konnte er nicht wegfliegen. Aber ich habe eine halbe Stunde gebraucht, bis ich ihn wieder im Käfig hatte."

Völkel atmete auf. „Prima! Du weißt ja, wie sie ist."

„Klar weiß ich das, aber verrat mich nicht."

„Auf keinen Fall, von mir wird sie nichts erfahren. Und von ihren Nymphensittichen spricht ja auch keiner, so dass ihr auch der Vogel nichts verraten kann."

Thomas lachte. „Ja, das stimmt. Wusstest du übrigens, dass das gar keine Papageien sind, sondern dass sie zu den Kakadus gehören?"

„Nee, ich wusste nur, dass sie aus Australien stammen. Und das auch erst seit Kurzem, weil Anita es mir erklärt hat."

Völkel genoss das lockere Gespräch. Als er auflegte, war er kurz davor, sich selber zu loben. Es war eine gute Idee gewesen, ihn anzurufen. Sie hatten nett miteinander geplaudert, er hatte Thomas nicht gestört und sich selber die Fahrt nach Werl erspart. Vorteile für alle also. Einmal in Schwung, wählte er als Nächstes die Nummer von Kathrin. Ab und an musste er sich bei seiner Tochter melden, damit sie sich keine Sorgen machte. Andernfalls rief sie von sich aus an und machte ihm Vorwürfe. Und außerdem war er immer interessiert daran, was sein Enkel Patrick machte. Patrick kam nach den Sommerferien in die vierte Klasse, noch ein Jahr, dann musste er die Schule wechseln. Kathrin machte sich schon jetzt Gedanken darüber, ob es eine Gesamtschule oder ein Gymnasium sein sollte.

Sie war aber kurz angebunden, als er sie erreichte. In ein paar Minuten hätte sie ein wichtiges Gespräch mit ihrem Chef im Regierungspräsidium, erklärte sie. Ihr Chef sei für die Unterbringung der Flüchtlinge zuständig, die ganze Abteilung ertrinke in Arbeit. Klar, Völkel hatte Verständnis. Ihm gehe es gut, konnte er noch schnell sagen, und zu Patrick erfuhr er, dass der am Wochenende seinen ersten Turnwettbewerb habe. Völkel war am Ergebnis interessiert, aber deshalb nach Düsseldorf zu fahren, war ihm doch zu umständlich. Erstaunlich, dass Patrick sich für diese Sportart entschieden hatte, dachte er, als er aufgelegt hatte. Von seinem Opa konnte er es nicht haben, der hatte beim Schulsport immer wie ein nasser Sack an der Reckstange gehangen.

Es war jetzt kurz nach zwölf, die Sonne schien auf seinen Balkon, also kochte sich Völkel einen grünen

Tee und setzte sich dort so an das kleine Tischchen, dass er hinunter in den Garten blicken konnte. Ein entspannender Anblick, den er viel zu selten genoss, obwohl er doch Zeit genug haben müsste. Aber immer kam irgendwas dazwischen.

Mit der Zeit, während er auf die Büsche und Bäume starrte, wurde Völkel klar, dass er doch in den Westfalenpark gehen würde. Zu ungewöhnlich war die Geschichte, die er gehört hatte, zu groß seine Neugier.

Es war kurz vor halb drei, als er am Café an den Wasserteichen ankam. Der Tisch, an dem er am Montag gesessen hatte, war wieder frei. Der Mensch ist ein Gewohnheitstier, dachte Völkel und setzte sich dorthin. Warum dazu nicht wieder Kirschstreusel, überlegte er und musste schmunzeln. Er hatte auch heute nichts zu Mittag gegessen, um sich am Abend mit ruhigem Gewissen eines von den marinierten Putenschnitzeln zu gönnen. Völkel musste aufpassen mit dem Essen, seine Hemden begannen zu spannen. Deshalb hatte er begonnen, die eine oder andere Mahlzeit ausfallen zu lassen. Aber gegen ein Stückchen Kirschstreusel war nichts einzuwenden.

Er aß und wartete, aber Holbein kam nicht. Also war alles doch nur ein Scherz gewesen, wenn auch ein schlechter. Oder Holbein glaubte selber nicht, dass er Völkel mit seiner Geschichte überzeugt hatte. Wie dem auch sei, dann war die Sache doch noch an ihm vorbeigegangen. Er aß seinen Kuchen, trank einen Schluck Kaffee und ließ seinen Blick über die Blumenbeete schweifen. Es war zehn vor drei, als er bezahlen wollte, aber genau in dem Moment sah er, wie Holbein angerannt kam.

„Gott sei Dank, dass Sie noch da sind! Ich hatte einen wichtigen Recherchetermin und mein Gesprächspartner hat sich verspätet. Ich habe versucht, alles so schnell wie möglich zu erledigen, aber Sie sehen ja, was dabei rausgekommen ist."

Völkel war sich nicht sicher, ob er froh sein sollte. Er bemerkte ein leichtes Grinsen in Holbeins Gesicht, als er sich auf den freien Stuhl neben ihn setzte.

Der glaubt, er hat mich schon einkassiert, dachte er. Schon als er mich hier sitzen sah, lange nach der vereinbarten Zeit, hat er gewusst, wie ich mich entschieden habe. Völkel war sauer auf sich selber, er wurde nicht gern durchschaut. Allerdings hatte er diesmal auch alles dafür getan, dass es so kommen musste.

„Sie haben sich also dafür entschieden, mir zu helfen", sagte Holbein. „Sie glauben gar nicht, wie sehr mich das erleichtert."

„Naja, ob das eine bombensichere Entscheidung ist, weiß ich selber nicht", wich Völkel aus. „Ich will mir ein genaueres Bild machen, das ja. Sie wissen doch selbst, wie unwahrscheinlich Ihre Geschichte klingt."

Holbein nickte. „Aber das ist es ja gerade, weshalb ich wissen möchte, was dahintersteckt. Dass mir so was passieren könnte, habe ich mir nicht in meinen schlimmsten Träumen vorstellen können. Situationen, die ich nicht unter Kontrolle habe, passen nicht zu mir."

Völkel sah ihn erstaunt an. Was war das jetzt für eine Aussage? Wie weit durfte es denn in Situationen gehen, die er unter Kontrolle hatte? Holbein bemerkte seine Verwunderung.

„Na, Sie verstehen schon. Drei Tage lang war ich dieser Person ausgeliefert, drei unendlich lange Tage. Und das ohne die geringste Chance, mich zu wehren."

Er sah Völkel an, Unruhe lag in seinem Blick, aber dazu noch etwas anderes. Völkel sah genau hin. Doch, der Mann schien Angst zu haben und diese Angst kam Völkel nicht gespielt vor.

„Wissen Sie, ich weiß ja bis jetzt nicht, warum ich entführt wurde und später ohne jede Erklärung freigelassen wurde. Und solange ich das nicht weiß …"

„… haben Sie Angst."

Er nickte. „Wenn es einmal geschah, denke ich, kann es auch wieder passieren. Und niemals in meinem Leben möchte ich so was …"

„Das ist die eine Vermutung, die man haben kann", sagte Völkel.

Holbein sah ihn überrascht an. „Und die andere?"

„Dass Sie das Opfer einer Verwechslung wurden und die Entführung gar nicht Ihnen galt."

„Eine Verwechslung, die drei Tage dauert? Und während all dieser Zeit soll dieser Typ nicht gemerkt haben, dass er die falsche Person erwischt hat?"

Gut, das war ein Argument.

„Aber vielleicht hatte die Entführung trotzdem nichts mit Ihnen als Person zu tun", entgegnete Völkel. „Vielleicht waren sie ein Zufallsopfer, weil jemand mal einen Menschen für einige Zeit völlig in seiner Gewalt haben wollte."

Holbein sah ihn mit weit aufgerissenen Augen an.

„Glauben Sie das wirklich? Das wäre ja schrecklich!"

Stimmt, das wäre es. Völkel nickte.

„Und weil es beim ersten Mal so gut geklappt hat", fuhr Holbein fort, „hat diese Person vielleicht bald Lust, es noch einmal zu tun."

Auch das stimmte, Völkel hatte darüber noch gar nicht nachgedacht. Aber wenn es so wäre, gäbe es kaum eine Chance, diese Person zu finden. Dann müsste man bis zur zweiten oder vielleicht sogar dritten Entführung warten. So lange, bis sie einen Fehler beging. In dem Fall wäre Völkel sowieso der völlig falsche Ansprechpartner, das müsste dann Wolter mit einem Sonderstab übernehmen. Nein, für ihn lohnten sich Ermittlungen nur, wenn er davon ausging, dass die Sache mit Holbein zu tun hatte, allein mit ihm.

„Wenn ich da etwas unternehme", sagte er deshalb, „müssten Sie einverstanden sein, dass ich in Ihrem Umfeld rumfrage."

Holbein nickte.

„Ist mir egal, aber ich erwarte Diskretion."

„Haben Sie die nötig?"

Holbein grinste. „Wahrscheinlich nicht mehr als jeder andere", antwortete er.

Völkel nickte.

„Gut, ich werde es versuchen. Wenn es stimmt, was Sie erzählen, wäre es übel, wenn so eine Tat nicht aufgedeckt wird. Freiheitsberaubung in einem besonders schlimmen Fall wäre das. Gewalt wurde ausgeübt, physische und psychische."

Holbein nickte.

Völkel erkundigte sich nach dem genauen Zeitraum. Von Donnerstag bis Samstag war Holbein gefangen gewesen, die Tat lag also keine Woche zurück.

„Sind Sie verheiratet?"

„Nein, ich weiß nicht, ob ich der Typ für eine Familie wäre. Aber ich habe eine Lebenspartnerin, Inga Kerber heißt sie und arbeitet beim lokalen Rundfunk."

„Haben Sie Feinde, beruflich oder im Bekanntenkreis?"

„Nicht dass ich wüsste. Jedenfalls keine, die so was mit mir anstellen würden."

„Aber dieser Dr. Dietrich von der ÖGE, der ist doch bestimmt wütend auf Sie."

Holbein sah ihn überrascht an.

„Sie haben sich also schon über mich erkundigt."

„Klar, oder glauben Sie, dass ich blind in irgendwelche Abenteuer reinschliddere?"

„Nein, das ist völlig verständlich. Ich freue mich ja, dass Sie es getan haben, sonst würden Sie mir ja nicht helfen."

Er atmete tief durch, bevor er weiterredete. „Bei der Sache damals ist es wirklich um sehr viel gegangen, das stimmt", sagte er dann, „aber das war vor über einem Jahr. Warum sollte Dietrich erst jetzt was gegen mich unternehmen?"

„Und der Chef und die Belegschaft? Der eine hat seinen Betrieb verloren, die anderen ihre Arbeit."

„Bei dem Chef ist es so wie bei Dietrich. Klar war der sauer. Sehr sauer sogar. Aber mit der Belegschaft war das anders, das hat mich selber überrascht. Deren Wut richtete sich gegen die Betriebsführung, nicht gegen mich. Hinterher stellte sich heraus, dass sie immer wieder angemahnt hatten, den Giftmüll sachgerecht zu lagern, weil sie frühzeitig geahnt hatten, dass es Schwierigkeiten geben könnte. Das ist ihnen auch immer wieder versprochen worden, aber die Gier nach dem schnellen Geld war doch zu groß. Bis es zu spät war."

Völkel stellte weiter seine Routinefragen. Nein, Eltern hatte Holbein nicht mehr, aber einen Bruder, der in Lüdenscheid lebte, Robert Holbein. Der versuche sich auch im Schreiben, anfangs als Journalist, jetzt als freiberuflicher Autor. Vor ein paar Jahren hätte er eine feste Stelle bei der Lokalzeitung abgelehnt, jetzt gebe es keine mehr, weil Zeitungen unter Druck stünden und überall Stellen abbauten. Seit Neuestem versuche er es mit Fantasy-Romanen, aber die meisten davon bisher im Eigendruck.

„Das kostet mehr, als es Geld einbringt." Holbein lachte verächtlich, Mitleid mit seinem Bruder schien er nicht zu haben. Er gab dann auch zu, dass er so gut wie keinen Kontakt zu ihm hatte.

„Wir beide sind sehr unterschiedlich", erklärte er. „Mein Bruder ist irgendwie …" Er suchte nach einem passenden Wort.

„… weicher?", fragte Völkel.

„Ja, das beschreibt es ganz gut."

Er hätte auch sensibler sagen können, dachte Völkel, aber das hätte Holbein vielleicht als Kritik aufgenommen. Und das wäre es ja auch gewesen, irgendwie kam er ihm etwas oberflächlich, vielleicht sogar grob vor. So wie seine Artikel eben, die nach dem kleinen Skandal schielten anstatt bei sachlicher Darstellung zu bleiben. Zum Schluss ließ er sich noch die Telefonnummern von Holbein und seinem Bruder geben, dazu den Wohnort von Dr. Dietrich. Der wohne irgendwo in Lünen und sei jetzt wohl arbeitslos, erklärte Holbein. Die genaue Adresse kenne er nicht.

„Aber man muss sich um ihn keine Sorgen machen", ergänzte er, „der hat garantiert sein Schäflein im

Trocknen. Bestimmt hat der schon vorher eine dicke Summe für seine Lügerei kassiert."

„Gut", sagte Völkel schließlich, „ich will nichts versprechen, aber ich will mich mal umhören. Sobald ich allerdings merke, dass nichts dran ist an Ihrer Geschichte, höre ich sofort auf."

Holbein nickte. „Ist klar."

Zu Hause recherchierte Völkel sofort im Internet. Einen Dr. Dietrich gab es nicht in Lünen, aber im Nachbarort Selm. Das war ja fast dasselbe. Als er die Homepage des Lokalfunks anklickte, fand er sogar ein Foto von Inga Kerber. Sie war eine hübsche Frau mit langen, dunklen Haaren und einem schlanken Gesicht. Als einzige der Redakteure lachte sie nicht, das ernste Gesicht gab ihr den Anstrich von Seriosität.

Danach ging Völkel noch auf die Homepage von Borussia Dortmund. Der Verein verpflichtete für die neue Saison immer noch ein junges Talent nach dem anderen. Mal sehen, wen sie jetzt wieder verpflichtet hatten, dachte er. Es war aber kein junges Talent, das sie gekauft hatten, es war Mario Götze, der Weltmeister, der nach drei unglücklichen Jahren bei Bayern München zu den Borussen zurückkehrte. Völkel war einverstanden mit diesem Kauf. Götze hatte in Dortmund immer prima gespielt.

Gerade als er daran ging, das Putenschnitzel zu braten, rief Anita an. Völkel freute sich.

„Na, wie geht's dir?", fragte sie.

„Gut. Wenn du hier wärst, ginge es mir noch besser."

In dem Moment wurde ihre Stimme ernst. Sie wolle noch zwei Tage länger bei ihrer Freundin bleiben, erklärte sie, er solle nicht traurig sein. Thomas wisse schon Bescheid und wäre einverstanden. Das Gespräch unter Frauen täte ihr gut, außerdem wäre Speyer mit seinem Dom eine schöne Stadt. Er zögerte einen Moment mit seiner Antwort.

„Du bist doch traurig", sagte sie, „ich merke es."

„Aber nein", antwortete er, „wenn es dir gut tut, bleib ruhig noch. Ich bin so lange allein klargekommen, da werde ich es jetzt auch ein paar Tage länger schaffen."

Jetzt war sie es, die einen Moment lang zögerte. Hatte sie mehr Widerstand erwartet?

„Aber mach keinen Unsinn", sagte sie. „Und mische dich vor allem nicht in gefährliche Geschichten ein, die dich nichts angehen."

„Ich und mich einmischen, habe ich so was schon jemals gemacht?"

Sie lachte. „Du? Niemals. Ich weiß auch nicht, wie ich darauf gekommen bin."

6.

Er träumte immer wieder von ihr, es ließ ihn einfach nicht los. Wie denn auch, es würde ihn niemals loslassen. Nie mehr in seinem Leben! Er träumte dann, dass er, während sie fiel, noch die Chance hatte, nach ihrer Hand zu greifen und sie festzuhalten. Um das zu schaffen, musste er seine eigene weit vorstrecken, und tatsächlich, in manchen Träumen berührte er ihre. In diesen Momenten durchfuhr ihn ein Glücksgefühl. Ja, es gab die Möglichkeit, sie zu retten, und er, er hatte sie. Alles hing jetzt von ihm ab. Wenn er es schaffte, ihre Hand zu greifen, würde sich der tiefschwarze Schatten über seinem Leben schlagartig auflösen in helles, strahlendes Licht. Ach, wenn ihm das doch gelingen würde! Wenn er ihn auflösen könnte, diesen Schatten, der ihm das Herz zuschnürte und ihn nicht mehr frei atmen ließ.

Er reckte sich weit vor, aber er schaffte es nicht, noch näher an sie heranzukommen. Verdammt, er schaffte es einfach nicht! Im letzten Moment, wenn er schon glaubte, ihre Hand fest in seiner zu haben, entglitt sie ihm wieder, und sie selbst fiel, fiel tief und immer tiefer. Er konnte nichts mehr tun, als ihr nachzustarren in dem Bewusstsein, dass dies die letzten Sekunden ihres Lebens waren. Noch lebt sie, musste er dann denken, noch diesen einen Bruchteil der Sekunde, noch den zweiten, aber dann … Ja, er hatte sie verloren und nichts würde sie zurückbringen, nicht einmal ein noch so glücklicher Traum. Was ihn nicht hinderte, in der nächsten oder übernächsten Nacht wieder zu träumen.

Sie fehlte ihm so sehr, ohne sie hatte alles keinen Sinn. Sein Sohn wohnte weit weg, in einem Städtchen bei München. Er rief selten an, noch seltener besuchte er ihn. Nein, er hatte nur sie gehabt, immer nur sie. Und jetzt war sie nicht mehr da.

Er hatte versagt, nicht nur in seinen Träumen, denn er hatte es nicht geschafft, sie zurückzuhalten. Verdammt, warum hatte er sie nicht zurückgehalten? Wenn er die Chance doch noch einmal hätte, nur ein einziges Mal! Aber er hatte sie nicht mehr, selbst seine Träume sagten ihm nichts anderes.

Aus seiner Trauer, seiner Verzweiflung, war irgendwann Wut geworden, grenzenlose Wut. Wenn sie nicht mehr da war, welches Recht hatten dann die anderen, zu leben? Die an all dem, was passiert war, die Schuld trugen? Aber sie taten es, sie lebten einfach weiter, als wäre nichts geschehen. Er war aufgerufen, das zu ändern, wer außer ihm konnte das tun?

Dazu hatte er ein paar Vorbereitungen treffen müssen. Er hatte schwarze Vorhänge besorgt, dazu das Dämmmaterial für die Wände und die Tür, Ledergurte, den Elektroschocker und die Spritzen. Das Betäubungsmittel dafür zu besorgen, um den Kerl mit einer Spritze für längere Zeit außer Gefecht zu setzen, war nicht schwierig gewesen, es gab Medizinstudenten, die

Geld brauchten. Vor allem hatte er dafür sorgen müssen, dass er ungestört blieb, aber auch das war nicht schwierig gewesen. Von seinen wenigen Freunden hatte er sich in den letzten Monaten immer mehr zurückgezogen, die meisten von ihnen wussten gar nicht mehr, wo er wohnte. Sie sprachen ihn, wenn er sie zufällig in der Stadt traf, kaum noch an, vielleicht aus Verlegenheit, vielleicht, weil sie glaubten, dass man so handeln müsste, wenn man in seiner Situation war. Er wusste es nicht, es machte ihm auch nichts aus.

Ja, er war vorbereitet gewesen, als er seinen Plan angegangen war, und er war trotzdem überrascht gewesen, wie sich alles entwickelt hatte. Nein, mit so einer erbärmlichen Reaktion dieses Typen hatte er nicht gerechnet, das hatte er nicht vorausgesehen. Weiß Gott nicht. Aber dieser Fehler war ihm einmal passiert, beim zweiten Mal wusste er es besser. Im Grunde hatte er alles wie vorher gemacht, aber mit einer anderen, ganz anderen inneren Einstellung. Diesmal würde es laufen, wie er das schon beim ersten Mal geplant hatte. Seine Träume hatten ihm geholfen, diese Einstellung zu finden. Vor allem die Hoffnungslosigkeit, mit der sie ihn nach dem Erwachen zurückließen.

7.

Es war schon kurz nach fünf, als Völkel in Selm ankam, trotzdem stand die Sonne noch hoch über dem nahe gelegenen Wald. Er hatte eine Zeit lang suchen müssen, bis er das richtige Haus gefunden hatte. Zweimal war er dabei an Schloss Cappenberg vorbeigefahren, in dem Preußens großer Reformer, der Freiherr vom Stein, seinen Lebensabend verbracht hatte.

Das, vor dem Völkel schließlich stand, konnte man eigentlich nicht mehr nur ein Haus nennen. Es war eine Prachtvilla in strahlendem Weiß und mit vier großen Fenstern im ersten Stock. In der Mitte über der Eingangstür befand sich ein Balkon. Das Gelände drum herum glich mit seinen hohen Bäumen einem Park, es war von einem hohen Gitter mit einem großen Tor darin umgeben.

Als Völkel sich näherte, schoss plötzlich ein Rottweiler hinter einem Gebüsch hervor und stand im nächsten Moment kläffend und Zähne fletschend auf der anderen Seite des Tores. Völkel trat unwillkürlich einen Schritt zurück. So wild gebärdete sich der Hund, dass Völkel sich nicht einmal traute, den Knopf der Messingklingel zu drücken, die sich links am Pfeiler des Tores befand, obwohl der Köter das Tor bestimmt nicht überwinden konnte. Aber es war gar nicht nötig, die Klingel zu drücken. Ein Mann stand plötzlich in der Haustür und schaute herüber.

„Hallo, wer ist da?"

Völkel schätzte ihn auf etwa fünfzig. Er hatte eine hohe Stirn, die übrigen Haare waren kurz geschoren. Er trug eine schwarze Jeans, dazu ein weißes Hemd, dessen Ärmel er aufgekrempelt hatte. Lässig sah das aus.

„Sind Sie Herr Dr. Dietrich?"

„Wer ist denn da?"

Völkel zögerte einen Moment lang. Sollte er sagen: Hier ist ein pensionierter Kommissar, der ein paar Fragen an Sie hat? Dann würde Dietrich ihn gleich wegschicken. Er beschloss, hoch zu pokern.

„Bernhard Völkel", rief er, „Kripo Dortmund", wobei er seinen Namen bewusst nuschelte, so dass ihn der Mann, noch dazu bei dem Gekläffe des Köters, kaum verstehen konnte. Den Hinweis auf die Kripo dagegen sprach er klar aus, er würde sein Türöffner sein, hoffte er.

Tatsächlich kam der Mann kurz darauf zum Tor, packte sich zuerst den Köter und brachte ihn in einen Zwinger im linken Teil des Parks, dann öffnete er das Tor. Völkel wartete geduldig. Hauptsache, er kam rein und dieser gallige Köter konnte nicht nach ihm schnappen.

Der Mann führte ihn zu einer Sitzecke im hinteren Bereich des Parks, weiße Gartenstühle, ein kleiner Tisch davor. Daneben lila blühender Rhododendron. Völkel nickte unmerklich. Doch, hier ließ es sich aushalten. Allerdings, etwas zu trinken bot der Mann ihm nicht an.

„Sie sind doch Dr. Dietrich?", fragte er, um sicherzugehen, denn der Mann hatte sich auch nicht vorgestellt.

„Hätte ich Sie sonst hereingelassen? Was für Fragen haben Sie?"

„Einige zu dem Giftmüllskandal vor gut einem Jahr. Dürfte ich Ihnen die stellen?"

Dietrich nickte, als wollte er sagen: Kein Problem. Hab mir schon so was gedacht.

Völkel begann mit einer umständlichen Erklärung zu dem damaligen Skandal, wobei er die Stichworte ÖGE, Giftmüll und vor allem Holbein behutsam und vor allem nach und nach erwähnte und dabei Dietrich sehr genau im Auge behielt. Wie reagierte er auf die einzelnen Stichwörter? Aber es war merkwürdig, sie schienen an ihm abzuprallen, sein Gesicht blieb unberührt, von Ärger keine Spur. Völkel war überrascht. War der Typ so abgebrüht, dass er ihm perfekt die Rolle dessen vorspielen konnte, der mit der alten Geschichte längst abgeschlossen hatte? Dann war er womöglich vorbereitet auf Begegnungen wie diese, eben weil er etwas mit Holbeins Geschichte zu tun hatte. Oder hatte er wirklich abgeschlossen? Er beschloss, direkt nachzufragen.

„Holbein hat damals massive juristische Drohungen Ihrer Firma erhalten, aber er hat trotzdem durchgehalten und den Skandal aufgedeckt. Ganz schön mutig für so einen Journalisten, denke ich im Nachhinein."

Dietrich zuckte mit den Schultern.

„Wie man's nimmt. Das sind halt die üblichen Spielchen, mit Rechtsanwälten und Klagen zu drohen, so läuft das halt ab in diesem Geschäft. Wer das weiß, kann sich darauf einstellen."

Das klang eher wie eine Feststellung und weniger wie der Versuch, Holbeins Leistung zu schmälern.

„Aber ohne Holbeins Recherchen gäbe es Ihre Firma noch."

Dietrich zuckte mit den Schultern.

„Kann sein, kann aber auch nicht sein."

„Sehen Sie das wirklich so?"

„Wie soll ich das denn anders sehen? Wenn dieser Holbein nicht gekommen wäre, wäre es vielleicht ein anderer gewesen."

Dietrich schlug die Beine übereinander und verschränkte die Arme vor seiner Brust. Der Köter, stellte Völkel mit kurzem Blick fest, hatte sich in seinem Zwinger niedergelegt und schien zu dösen. Obwohl er hinter Draht war, erleichterte es Völkel.

„Naja, Sie haben Holbein damals bis aufs Messer bekämpft. Sie haben ihm unsaubere Ermittlungen unterstellt, ihn als Lügner und Schwachkopf bezeichnet."

Dietrich grinste.

„Herr Kommissar, was sollte ich denn machen? Ich war Angestellter der Firma und die war bedroht. Übrigens vom ersten Artikel dieses Herrn Holbein an."

„Das sehen Sie doch erst im Rückblick so, oder?"

„Das habe ich von Anfang an so gesehen. Ich habe immer gewusst, wenn die Sache erst mal rauskommt, fliegt uns der ganze Laden um die Ohren."

„Aber dann hätten Sie etwas dagegen tun müssen, statt die Wahrheit zu bekämpfen."

„Was glauben Sie, was ich intern versucht habe?"

„Von Anfang an?"

„Nicht gleich, das gebe ich zu. Anfangs habe ich gedacht, den Giftmüll einfach auf dem Firmengelände abzukippen wäre eine vorübergehende Ausnahme. Das hat der Firmenbesitzer mir gegenüber auch so kommuniziert. Aber dann …"

„… dann mussten Sie einsehen, dass es nicht so war. Und spätestens da hätten Sie doch …"

„Das ist nicht so einfach, wie Sie denken. Ich sagte Ihnen doch, ich war Angestellter der Firma, sogar in leitender Funktion."

„Und dadurch in besonderer Verantwortung."

„Eben. Für die Firma, die Angestellten …"

„…und die Umwelt."

„Ja, auch für die. Man rutscht da so rein. Man spricht interne Warnungen aus, erhält Versprechungen des Chefs, dann sieht man, es kann noch immer weiterlaufen wie gehabt, denn es passiert nichts …"

„… bis es dann doch geschieht. Das klingt fast so, als müssten Sie Holbein dankbar sein, weil er Sie aus einem Lügengespinst befreit hat."

Dietrich beugte sich vor und sah Völkel eindringlich an.

„Ob Sie es glauben oder nicht, Herr Kommissar, so empfinde ich das heute. Ich bin vor vier Monaten Großvater geworden, ich will auch nicht, dass unsere Enkel eine verseuchte Erde erben, auf der sie nicht mehr leben können. Das können Sie mir glauben."

Völkel merkte, wie er wütend wurde. Solange man mit einer Sauerei Kohle verdiente, konnte man sich damit abfinden, die Umwelt kaputt zu machen. Aber wenn man persönlich betroffen war, wenn einem der Dreck persönlich schadete, sah die Sache plötzlich ganz anders aus. Vielleicht war ihm sein Ärger anzusehen, jedenfalls wurde Dietrich plötzlich misstrauisch.

„Sagen Sie mal, was sollen all diese Fragen? Warum stellen Sie mir die?"

„Weil es Gründe gibt zu wissen, welche Einstellung Sie heute zu Holbein haben."

Dietrich blies verächtlich die Backen.

„Was soll ich schon zu dem für eine Einstellung haben? Der ist mir gleichgültig, die Sache ist für mich erledigt. Schon lange und damit basta."

„Aber Sie sind bei der Gerichtsverhandlung bestraft worden. Das hat er Ihnen doch, wenn man so will, eingebrockt."

„Eine Geldstrafe, Herr Kommissar, die ich längst bezahlt habe. Dazu ein paar Monate auf Bewährung, eine Strafe, die es mir nicht untersagt, wieder ins Geschäftsleben einzusteigen."

Das klang sehr selbstsicher, fast so, als wenn diese Strafe nichts gewesen wäre. Von Reue jedenfalls keine Spur. Völkel bekam Zweifel, ob dieser Mann wirklich in der Lage war, Holbein das anzutun, was der erlebt haben wollte. Wenn auch ein Teil seiner Selbstsicherheit gespielt wäre, alles war es bestimmt nicht.

Gleichzeitig spürte Völkel, dass der Ärger bei ihm nicht verraucht war. So einfach war das also. Man war unter Druck gesetzt worden, deshalb machte man bei den Schweinereien mit, wenn auch mit angeblich schlechtem Gewissen und indem man interne Warnungen aussprach. Zu mehr konnte man sich aber nicht aufraffen, denn Hauptsache, das Geld floss weiter und die Prachtvilla blieb einem erhalten. Er blickte sich um. Ganz ohne wenigstens etwas auf seine Kosten zu kommen, wollte er sich denn doch nicht verabschieden.

„Ganz schön hier", sagte er und gab seiner Stimme einen deutlich ironischen Unterton.

Dietrich schien ihn nicht zu bemerken, er freute sich.

„Ja, finden Sie?"

„Doch." Völkel nickte. „Sieht nach Geld aus."

„Ja, das Erbe meiner Frau steckt darin. Und natürlich mein eigenes Geld. Wir fühlen uns wohl hier."

Er grinste zufrieden, Völkel staunte. Das war dick genug aufgetragen gewesen, so dass jeder normale Mensch die Ironie herausgehört hätte. Nicht so dieser Dietrich. Ob er die Anspielung nicht verstehen wollte oder ob er es nicht konnte? Hier der Reichtum, dort seine Duckmäuserei, wenn es ums Geldverdienen ging. Seine Bereitschaft, zu lügen, aber dafür andere, die die Wahrheit suchten, unter Druck zu setzen. Wahrscheinlich nicht. Die Heuchelei war längst zum Volkssport geworden, da fiel sie vermutlich nicht mal mehr den Tätern selber auf.

„Dann hat Holbeins Enthüllung also niemandem geschadet?", fragte er noch, um ein klares Ergebnis zu haben.

„Naja, wie man's nimmt. Geschädigt worden ist der Eigentümer, der ganz sicher. Ich war ja nur Geschäftsführer. Der Eigentümer war gerade dabei, seine Firma an ein größeres Unternehmen zu veräußern, aber das ging danach natürlich nicht mehr."

„Dann wären Sie ja sowieso arbeitslos geworden", rief Völkel überrascht und hatte einen Moment lang das Gefühl, dass vielleicht doch noch etwas hinter der Geschichte stecken könnte.

„Ich wäre übernommen worden", antwortete Dietrich.

Ist klar, wollte Völkel antworten, entschuldigen Sie meine überflüssige Annahme, dass Sie irgendeinen Schaden erleiden könnten, darauf hätte ich selber kommen müssen. Aber er unterließ auch das. Solche Leute fielen doch niemals ins Bodenlose.

Dietrich erzählte von sich aus, dass er mit seinem ehemaligen Chef keinen Kontakt mehr habe, den letzten hätte es vor Gericht gegeben. Dessen Strafe sei höher gewesen als seine. Ein paar Monate mehr auf Bewährung, dazu eine drastische Geldstrafe, die wohl an seine Substanz gegangen sei.

Völkel erkundigte sich nach Name und Adresse.

Friedhelm Böttcher heiße er, antwortete Dietrich, aber wo er genau wohne, wisse er nicht. Irgendjemand hätte ihm erzählt, dass er nach Herne verzogen sei. Völkel notierte sich die Angaben.

„Wissen Sie, wie es ihm wirtschaftlich geht?"

„Nicht wirklich. Aber dass es ihm schlecht geht, glaube ich nicht. Es interessiert mich aber auch nicht."

Völkel merkte, dass es höchste Zeit war, abzuhauen, es war wichtig für seine innere Hygiene. Täglich mit solchen Leuten Umgang zu haben, würde er kaum aushalten. Er stand auf.

„Ich danke Ihnen, dass Sie mir so freundlich geantwortet haben."

Völkel wunderte sich, dass ihm dieser Satz so glatt über die Lippen gegangen war. Er merkte daran, dass er das Gespräch schon abgehakt hatte. Einen Hinweis für die Glaubwürdigkeit von Holbeins Geschichte hatte er jedenfalls nicht gefunden. Blieb noch dieser ehemalige Firmenchef, vielleicht sah es bei dem ja anders aus.

Gut zwanzig Minuten später fuhr Völkel über die Bornstraße in die Dortmunder Innenstadt zurück. Als er an der Mindener Straße vorbeikam, blickte er kurz hinüber. Ja, hier war bis vor zwei Jahren der Straßenstrich gewesen. Frauen, vor allem aus Bulgarien, waren für ein paar Euro bereit gewesen, die perversesten Kundenwünsche zu erfüllen. Gut, dass dieser Schandfleck verschwunden war, dachte Völkel. Gut für Dortmund, besonders aber für die Frauen.

Dann kam ihm eine Idee. Bevor er weiter recherchierte, musste er erst mal von anderen wissen, wie ernst dieser Holbein zu nehmen war. Steckte hinter der seriösen Fassade vielleicht ein Spinner mit ausgeprägter Geltungssucht? War sein Wunsch, im Mittelpunkt zu stehen, so groß, dass er sich die unwahrscheinlichsten Geschichten einfallen ließ? Oder hatte er sonst irgendwelche Macken?

An der nächsten Kreuzung bog er ab in die Mallinckrodtstraße, parkte dort auf dem Mittelstreifen unter den hohen Bäumen und rief über Handy die Vermittlung an, die ihn mit dem Lokalsender Dortmund verband. Eine Männerstimme meldete sich.

„Hier ist Bernhard Völkel", konnte er nur sagen, da hatte ihn der Mann schon unterbrochen.

„Wollen Sie zum Interview kommen?"

Offensichtlich erwartete er jemanden beim Sender.

„Nein", antwortete Völkel, „zum Singen."

Der Mann kicherte. „Ich habe gleich gehört, dass Sie Gold in der Kehle haben."

Es war eine Antwort, die Völkel gefiel. Humor war wirklich nichts, das sich in epidemischer Schnelligkeit ausbreitete.

„Nein", sagte er dann, „ich hätte gerne Frau Kerber gesprochen, Frau Inga Kerber."

„Ist das wichtig?"

„Glauben Sie mir, das ist es. Sie können Frau Kerber ja anschließend danach befragen."

„Dann kommen Sie morgen nach zehn Uhr vorbei. Vorher ist Frau Kerber auf Sendung, danach hat sie Zeit."

Völkel blickte auf die Uhr, es war kurz nach sechs. Zeit, nach Hause zu fahren, um sich sein Abendessen zu bereiten. Und natürlich ein Bier dazu zu trinken.

„Ist gut", sagte er, „morgen um zehn bin ich bei Ihnen."

8.

Am nächsten Morgen war Völkel pünktlich am Sender. Der Parkplatz vor dem Gebäude war zugeparkt, einige der Wagen trugen den Schriftzug des Senders. Gott sei Dank fuhr gerade jemand weg, so dass Völkel ganz in der Nähe der Eingangstür parken konnte. Die Tür war verschlossen. Als er die Klingel drückte, fragte eine Frauenstimme, ob er einen Termin habe. Völkel erwähnte Inga Kerber, aber auch jetzt dauerte es einige Zeit, bis der Summton ertönte.

Die Vorsicht leuchtete Völkel ein. Wer konnte schon wissen, welche Idioten den Sender stürmen würden, um das Mikrofon zu übernehmen und irgendeinen Schwachsinn zu erzählen?

Eine jüngere Frau in eng sitzendem, blauem Pulli und kurzem, gelbem Rock nahm ihn in Empfang.

„Frau Kerber hat gleich Zeit für Sie. Möchten Sie eine Tasse Kaffee?"

Völkel lehnte ab, obwohl er nichts dagegen gehabt hätte, wenn die Frau noch mal zu ihm gekommen wäre und Kaffee gebracht hätte. Aber er hatte gerade erst gefrühstückt.

„Kommen Sie, ich führe Sie in unseren Gemeinschaftsraum, da können Sie sich in der Zwischenzeit hinsetzen."

Der Raum, in den sie ihn führte, war eingerichtet wie eine Küche. Ein großer Tisch befand sich in der Mitte,

Stühle davor, rechts vom Fenster stand ein großer Kühlschrank. Benutzte Kaffeetassen standen auf dem Tisch und auf der Fensterbank. Auf einem Teller lag ein angebissenes Brötchen. Völkel störte das nicht, es sah eben nach Arbeit aus, die von Kaffeepausen unterbrochen wurde.

Die Frau, die ein paar Minuten später zu ihm kam, war aber auch sehr ansehnlich. Lange, schlanke Beine in einer schwarzen Hose, die Ärmel des grauen Pullis hatte sie hochgeschoben, was ihr einen lässigen Anstrich verlieh. Ihr Lächeln wirkte allerdings etwas geschäftsmäßig, genau wie der Tonfall, mit dem sie ihn ansprach.

„Womit kann ich Ihnen helfen?"

Das war die Umkehrung der Verhältnisse. Nicht sie sollte ihm helfen, sondern er war gekommen, um ihr zu helfen. Besser gesagt ihrem Lebenspartner. Aber gut, das konnte sie nicht wissen.

Völkel stellte sich vor und begann, ihr von seiner Begegnung mit Thomas Holbein zu erzählen, aber sie ließ ihn gar nicht ausreden.

„Ach, Sie sind das. Es ist nett, dass Sie kommen, wirklich sehr nett."

Ihr Lächeln wechselte von geschäftsmäßig zu freundlich. Im nächsten Moment fing sie von sich aus an zu erzählen, ohne dass Völkel eine Frage stellen musste.

„Wissen Sie, ich habe schreckliche Tage hinter mir, als Thomas so plötzlich verschwunden war und sich nicht meldete, obwohl ich dauernd versucht habe, ihn über Handy zu erreichen. Als das nicht geklappt hat, habe ich alle unsere Bekannten angerufen, die mir einfielen, selbst Freunde von ganz früher, aber er war nirgendwo aufzutreiben. Er war einfach wie vom Erdboden verschluckt."

Sie atmete tief durch.

„Zuerst habe ich geglaubt, dass er eine Freundin getroffen hat und mit der für ein paar Tage abgetaucht ist. Ja, das habe ich geglaubt. Ich war eifersüchtig und wollte Schluss machen mit ihm, falls er zurückkommen sollte."

Jetzt unterbrach Völkel sie doch.

„Hatten Sie denn Anlass zu so einer Vermutung?"

„Doch, so was habe ich ihm zugetraut. Wir sind erst seit zwei Jahren zusammen, aber dass er mir in dieser Zeit treu geblieben ist, glaube ich nicht, auch wenn er das Gegenteil behauptet. Er sieht eben gut aus, das bleibt auch anderen Frauen nicht verborgen."

Sie zog die Stirn in Falten und bekam einen harten Gesichtsausdruck.

„Aber wenn ich mal merken würde, dass da was läuft, wenn ich das ganz sicher wüsste, dann …"

Sie sprach nicht weiter, sondern nickte nur. Es war klar, was dann passieren würde. Im nächsten Moment gab sie sich einen Ruck.

„Aber als er dann plötzlich vor der Tür stand, blass, verschwitzt, abgemagert und mit flackerndem Blick, wusste ich, dass etwas passiert sein musste. Etwas Schreckliches. Ein jüngerer Mann hatte ihn mit dem Auto gebracht, der ihn in irgendeinem Kaff aufgesammelt hat. Ich habe ihn gleich in die Badewanne gesteckt und, während er badete, ein Essen vorbereitet, damit er zu Kräften kam. Dann habe ich mir erzählen lassen, was er erlebt hatte."

Völkel kannte die Geschichte, er wollte sie nicht noch mal hören.

„Was halten Sie denn von seiner Erklärung?"

Er merkte die innere Anspannung, als er die Frage stellte. Von der Antwort hing ab, ob er sich weiter um die Sache kümmern wollte oder nicht.

„Zuerst habe ich mich auch gewundert. Der spinnt, habe ich gedacht. Wer soll ihm denn so eine Geschichte glauben?"

Stimmt, dachte Völkel, anders kann man das auch kaum sehen.

„Aber mit der Zeit sind mir doch Zweifel gekommen", fuhr Frau Kerber fort. „So intensiv, wie er seine Gefühle geschildert hat, so genau, wie er die Umstände beschreiben konnte, das kann man nicht erfinden, habe ich gedacht. Schon gar nicht einer wie Thomas, dessen Stärke die Fakten sind, nicht die Fantasie. Vor allem habe ich den Schrecken gespürt, der ihm noch in den Knochen steckte. Da war mir klar, dass er das nicht erfunden, sondern erlebt hat."

Völkel schaute sie sich genau an. Nein, so verschroben, dass sie an Märchen glaubte, kam sie ihm nicht vor. Auch nicht wie eine, die sich einen Spaß daraus machte, harmlose Mitbürger wie ihn aufs Glatteis zu führen. Die Frau glaubte Holbein, nachdem sie vorher eine ganz andere Erklärung für möglich gehalten hatte. Eine Erklärung, die nahegelegen hatte, näher jedenfalls als die, die Holbein erzählt hatte.

„Was haben Sie ihm denn geraten?"

„Ich habe ihm geraten, zur Polizei zu gehen. Unbedingt müsse er das tun, habe ich ihm gesagt. Solange er die Hintergründe nicht kenne und nicht mal wisse, warum es passiert sei, könne er nicht sicher sein, dass es nicht noch mal geschieht."

„Und das hat er gemacht."

„Ja, nachdem ich ihn ein paarmal gedrängt habe. Zwischendurch habe ich geglaubt, der will nicht zur Polizei, weil die Geschichte nur eine Ausrede für mich war. Weil er mir was vormachen wollte, um mich von seiner eigentlichen Tat abzulenken."

„Und, war es das nicht?"

„Nein, während all der Zeit ist das Zittern seiner Finger geblieben, sein manchmal panischer Blick. Thomas, müssen Sie wissen, zeigt nicht gerne Schwächen, schon gar nicht gegenüber Frauen. Da will er immer der große Hero sein. Wenn er es doch tat, konnte er nicht anders, dann musste wirklich etwas dahinterstecken."

Völkel nickte unmerklich. Doch, das klang glaubwürdig. Ein Mensch aus Holbeins direkter Nähe war zuerst genauso skeptisch gewesen wie er selbst und hatte sich dann doch von der Geschichte überzeugen lassen.

„Dann ist er also zur Polizei gegangen", nahm Völkel den Faden wieder auf.

„Ja, aber da haben sie ihm kein Wort geglaubt. Die haben wohl vermutet, dass ihnen irgendein Spinner einen Bären aufbinden will. Ich bin mir nicht mal sicher, ob die sich die Geschichte überhaupt notiert haben."

Doch, haben sie, dachte Völkel, Wolter weiß ja Bescheid. Aber glauben tut er Ihrem Partner kein Wort, da vermuten Sie richtig, Frau Kerber.

„Die Ablehnung dort hat ihn aber davon überzeugt, nicht aufzugeben", fuhr Inga Kerber fort. „Dass man ihn für einen Spinner halten könnte, wollte er nicht auf sich sitzen lassen. Deshalb ist er auf die Idee gekommen, Sie anzusprechen. Er hätte mal über Sie geschrieben, hat er mir gesagt."

Völkel nickte. Ja, das hatte Holbein ihm auch erzählt. Eine Pause trat ein. Frau Kerber stand auf und goss sich Kaffee in eine Tasse, die auf der Fensterbank stand.

„Für Sie auch etwas, Herr Völkel?"

Völkel schüttelte mit dem Kopf.

„Hat er denn Feinde?", fragte er. „Oder haben Sie welche?"

Für einen Moment blieb sie am Fenster stehen.

„Feinde, die ihm so etwas antun?" Sie schüttelte mit dem Kopf. „Wir haben das auch überlegt, aber uns ist niemand eingefallen. Auch nicht jemand, der mich bestrafen möchte, indem er sich Thomas vornimmt. So einer auch nicht."

Als sie wieder neben ihm saß, trank sie einen Schluck und schaute ihn an.

„Sie müssen ihm helfen, Herr Völkel."

Ihr glattes Gesicht zeigte plötzlich Falten.

„Ich weiß, er würde keine Ruhe finden, wenn die Sache nicht geklärt wird. Und ich auch nicht."

Der besorgte Blick der Frau, dazu eine ganz und gar undurchsichtige Geschichte, die geradezu nach Aufklärung schrie – Völkel konnte gar nicht anders als zu nicken. Inga Kerber atmete hörbar auf.

„Ich danke Ihnen, auch im Namen von Thomas."

Das klang pathetisch, Völkel kam sich beinahe wie ein Lebensretter vor, der es verdient hatte, sich selbst auf die Schulter zu klopfen. Jedenfalls lenkte es ihn für einen Augenblick von dem Schrecken ab, den er in solchen Situationen immer hatte. Von dem Schrecken nämlich, in eine Sache hineinzugeraten, deren Ende nicht vorauszusehen war. Hoffentlich erfährt Kathrin nichts davon, dachte er. Ja, das war das Wichtigste.

Seine Tochter durfte von den Experimenten, in die er wieder reinrutschte, auf keinen Fall etwas wissen.

Eine Zeit lang saßen sie schweigend nebeneinander.

„Wollen Sie mal kurz den Sender ansehen, jetzt, wo Sie schon mal hier sind?", fragte Inga Kerber dann.

Völkel nickte. Doch, das war eine gute Idee. Bisher hatte er nur durch die offene Tür gesehen, wie Leute auf dem Flur hin und her rannten, aber vom eigentlichen Betrieb hatte er nichts mitgekriegt.

Drei Tonstudios lagen nebeneinander. In einem las eine junge Frau gerade Lokalnachrichten vor, wie Inga Kerber ihm erklärte. In einem anderen saß ein Mann am Mikro, sprach manchmal etwas hinein und drückte irgendwelche Knöpfe an dem Pult vor ihm.

„Der produziert gerade einen Bericht, der heute Nachmittag laufen soll", erklärte Inga Kerber. „Es geht da um Vandalismus an einer Schule. Norbert hat heute Morgen schon ganz früh O-Töne an der Schule gesammelt, Meinungen von Schülern und Lehrern. Jetzt mischt er das mit seinem Kommentar zur Sache."

Völkel nickte. Wenn er die genaue Sendezeit wüsste, könnte er ihn ja hören. Ein Bericht, dessen Entstehung man miterlebt hatte, war interessanter als ein normaler. Aber er unterließ es, nach der Zeit zu fragen. Wahrscheinlich würde er es bis dahin sowieso vergessen.

Das dritte Tonstudio war dunkel. Es würde erst am Nachmittag gebraucht, erklärte Inga Kerber.

Als sie sich verabschiedeten, war ihnen nicht klar, wer wem danken musste. Völkel der Frau Kerber, weil sie ihn durch den Sender geführt hatte, oder sie ihm für die Bereitschaft, sich um Holbeins Fall zu kümmern. Sie bedankten sich beide.

Danach fuhr Völkel zu einem türkischen Restaurant im Dortmunder Norden. Dort gab es mit Hackfleisch und Schafskäse überbackene Aubergine. Sehr lecker. Er hatte sich in den letzten Wochen angewöhnt, ab und an hierhin zu gehen, meistens mittags. Auch mit Anita war er schon einmal hier gewesen.

Der Wirt meinte es immer gut mit ihm, doch Völkel aß nicht alles, sondern ließ immer ein wenig auf dem Teller. Bei allzu vollem Bauch wurde er müde, dann war mit ihm nichts mehr anzufangen. Nach zwei von drei Auberginen war er satt. Er kramte den Zettel mit der Telefonnummer von Holbeins Bruder aus der Tasche und rief ihn an. Tatsächlich, Robert Holbein war zu Hause.

Völkel stellte sich vor, diesmal wahrheitsgemäß als pensionierten Kommissar. Er hätte gehört, dass Robert Holbein Fantasy-Romane schreibe, sagte er. Es war eine bewusst gewählte Einleitung. Erst mal ein bisschen Sympathie erzeugen, dachte Völkel, vielleicht waren die Antworten auf seine anschließenden Fragen dann umso ergiebiger. Holbein freute sich tatsächlich.

„Oh, das wissen Sie!", rief er. „Das ist aber schön."

„Ja", antwortete Völkel schnell, „ich stelle mir das schwierig vor, dieses Gemisch aus Sagen, Märchen und Horror zu schreiben und dann noch etwas auszusagen über unsere Zeit. Das tut Fantasy doch auch, oder?"

Völkel hatte sich mit seiner Antwort beeilt, damit Holbein gar nicht erst auf die Idee kam, zu fragen, woher er sein Wissen hatte. Trotzdem bekam er jetzt einen Schreck. Bis zu Beginn des Gesprächs hatte er nämlich gar nicht gewusst, dass er so viel Ahnung von Fantasy-Romanen hatte. Sein Sohn Rolf hatte in seiner Pubertät ein paar von diesen Romanen gelesen, Völkel hatte nur vage Erinnerungen daran. Hoffentlich war das jetzt nicht völlig falsch gewesen, dachte er, dann hätte er seinen gut gewählten Einstieg vermasselt.

„Oh, das haben Sie aber gut gesagt", antwortete Holbein zu seiner Erleichterung. „Ja, auch Fantasy-Romane sagen etwas über die Zeit aus, in der sie geschrieben werden."

Ob er wieder an einem neuen Werk sitze und ob er auch Lesungen mit seinen Büchern mache, wollte Völkel noch wissen.

Bis jetzt seien es ja erst zwei, antwortete Holbein, aber die Vermutung sei schon richtig. Er sitze schon an einem dritten.

Völkel wünschte Erfolg und viele gute Ideen. Jetzt die Kurve kriegen, dachte er, bevor das Ganze ausartet zu einem literarischen Kolloquium.

„Ich rufe Sie aber eigentlich wegen Ihres Bruders an", sagte er. „Da gibt es ein Problem, zu dem ich gerne Ihre Meinung gehört hätte."

Robert Holbein wurde sofort zurückhaltender.

„Ich habe nicht viel Kontakt zu ihm", antwortete er. „Deshalb weiß ich nicht, ob ich Ihnen da helfen kann."

„Liegt das an Ihrem Bruder, weil der vielleicht merkwürdig ist?"

„Merkwürdig? Nee, das ist er nicht. Wir haben uns auseinandergelebt, ganz einfach. Aber das ist nicht weiter schlimm, es gab nie besonders viel Zusammenhalt in der Familie. Unsere Eltern haben darauf keinen Wert gelegt."

Gut, Völkel nickte. Allgemein gefragt hielt Robert Holbein seinen Bruder also nicht für merkwürdig. Dann stellte sich allerdings die Frage, wie er dessen Entführungsgeschichte beurteilte. Völkel erzählte sie ihm, Robert Holbein hörte wortlos zu. Dabei blieb es so still auf seiner Seite der Leitung, dass Völkel zwischendurch nachfragte, ob er noch da sei. Ja, das war er.

„Was halten Sie von der Geschichte?", fragte ihn Völkel schließlich.

„Klingt nach einem Roman."

„Nach einem, den Sie schreiben könnten?"

„Nee, kein Thema für mich."

Völkel wunderte sich über die Ruhe, mit der Holbein antwortete. Hatte er denn gar keine Angst um seinen

Bruder? Oder war er deshalb nicht beunruhigt, weil er irgendwie darin verwickelt war und alles schon kannte? Völkel beschloss, direkt nachzufragen.

„Bereitet es Ihnen denn gar keine Sorge, wenn Ihr Bruder in so eine Geschichte hineingerät?"

„Sie sagten doch, dass er wieder frei ist."

Die Antwort kam spontan, im nächsten Moment schien er sich aber zu besinnen.

„Sie dürfen mich nicht für herzlos halten", sagte er, „aber was mein Bruder macht, ist mir egal."

Er schwieg einen Moment lang.

„Gut, ich gönne ihm nichts Böses, nein, das wirklich nicht. Deshalb finde ich es auch gut, dass er wieder frei ist. Aber dass er seelische Schäden davonträgt, glaube ich auch nicht."

„Und warum nicht?"

„Weil mein Bruder dazu nicht der Typ ist. Der trägt keine Sache, egal wie belastend sie für andere wäre, lange mit sich rum."

Diesmal vielleicht aber doch, dachte Völkel, so genau kennst du deinen Bruder wohl doch nicht.

„Halten Sie diese Geschichte für möglich? Glauben Sie, dass Ihr Bruder das wirklich so erlebt hat?"

„Doch, wenn er es sagt, wird es auch stimmen. Sich so etwas auszudenken, dazu ist er bestimmt nicht der Typ."

Das deckte sich mit dem, was Inga Kerber gesagt hatte. Völkel nickte. Dann wünschte er viel Erfolg beim Schreiben und beendete das Gespräch.

9.

Der andere hatte gewimmert um sein Leben. Nein, er hatte nicht nur gewimmert, sondern gewinselt, gebettelt, gefleht und geweint, die ganze Zeit hindurch. Es war nicht auszuhalten gewesen, obwohl er sich zwischendurch die Ohren zugehalten hatte. Was für ein erbärmlicher, abstoßender Typ! Wer so sehr seinen Stolz verlor, wer sich selber so erniedrigte, der war nichts wert.

Deshalb hatte er noch mal über seinen Plan nachgedacht und sich gefragt, ob er ihn so zu Ende führen konnte, wie er sich das gedacht hatte. Nein, er konnte es nicht, nicht bei diesem Kerl. Er hatte Ekel gespürt, Ekel und tiefe Abscheu. Wenn er sich an so einem Kerl vergriff, dann war er selber nichts wert. Das war es, was er immer stärker gespürt hatte. Mit dieser Wendung hatte er nicht gerechnet, wirklich nicht. Er hatte überlegt, was er jetzt tun sollte, immer wieder neu. Es war ihm schwer gefallen, sich von seinem Plan zu verabschieden, verdammt schwer sogar.

Einmal hatte er dann doch versucht, ihn so zu Ende zu führen, wie er sich das vorgenommen hatte, aber er hatte es nicht gekonnt. Er hatte die Pistole scharf gemacht, er hatte sie erhoben und auf den Brustkorb des Typen gezielt, aber er hatte es einfach nicht über sich gebracht, abzudrücken. Er hatte es verdammt noch mal nicht fertiggebracht. So ein dreckiges, mickriges Leben, erbärmlich in seinem Gejammer. Wer sich daran vergriff, machte sich selber schmutzig. Es war ein Leben, das nur in der Lage war, anderen etwas anzutun, das Leben anderer in den Dreck zu treten, aber ihm selber, nein, ihm selber durfte nichts geschehen. Doch nicht jemandem wie ihm! Genauso ein Typ war das gewesen.

Da hatte er beschlossen, dass er sein Mickerleben behalten sollte. Es war schon Strafe genug, wie entwürdigend er sich verhalten hatte. Wie er sich blamiert hatte, zwar nur vor ihm, aber das reichte. Denn an seiner Seite stand, unsichtbar, noch jemand, der das beobachtete. Und auf den kam es an, nur auf den. Er hatte sogar geglaubt, die Stimme zu hören.

„Lass ihn in Ruhe, Papa, du siehst doch, dass er nichts wert ist."

Aber dieser hier, der war anders. Der hatte auch schon vorher, als die Schweinereien liefen, anders gehandelt, noch egoistischer, noch rücksichtsloser. Der war hauptsächlich schuld an allem.

Er hatte natürlich wissen wollen, warum er gepackt und hierher gebracht worden war. Er hatte gefragt, warum das alles stattfand, was es zu bedeuten hatte und wer dahintersteckte. Natürlich hatte er das wissen wollen, aber er hatte nicht so gejammert wie der andere. Er war stark geblieben und hart, deshalb hatte er es ihm leicht gemacht, seinen Plan durchzuziehen. Ja, im zweiten Anlauf hatte er die Kraft dazu gehabt.

Im Rückblick kam es ihm so vor, als hätte er erst einen inneren Anlauf nehmen müssen, um eine Hürde zu überspringen. Eine Hürde, von der er niemals gedacht hätte, dass er sie je überspringen würde. Bis, ja bis …

Er hatte ihn lange beobachtet und seinen Tagesablauf ausgekundschaftet, wie er überhaupt alle Beteiligten beobachtet hatte. Deshalb hatte er genau gewusst, wie er ihn kriegen konnte, ohne dass es jemand anderem auffiel. Jeden Mittwoch, so hatte er rausgefunden, fuhr er früh morgens zu einem Getränkemarkt, der günstig für seinen Plan war, da er abseits von der Hauptstraße lag. Auf dem Parkplatz davor hatte er ihm aufgelauert.

Er hatte sich genau in dem Moment von hinten an ihn herangeschlichen, als er sich über den Kofferraum seines Wagens gebeugt hatte, um leere Kästen herauszuholen. Es war ihm nicht schwergefallen, ihn auszuschalten, zu verblüfft war der andere gewesen. Der elektrische Schlag hatte ihn sofort außer Kraft gesetzt. Bevor der Typ sich hatte umdrehen können, war sein Körper schon schlaff geworden und zusammengesackt. Ein leichter Stoß hatte gereicht und er war in seinen eigenen Kofferraum gefallen. Danach hatte er ihm die

Spritze gegeben, die er schon bereitgehalten hatte. Das Mittel wirkte nicht sofort, deshalb brauchte er zuerst den Elektroschocker, aber danach hielt es lange vor.

Mit dessen eigenem Auto hatte er den Kerl zum Versteck gebracht, ihn dort angeschnallt und danach das Auto entsorgt. Weit weg von seinem Versteck hatte er es geparkt, war zu Fuß zum Supermarkt gegangen und hatte sein eigenes Auto abgeholt. Er hatte sich dafür nicht beeilen müssen, denn er hatte gewusst, dass das Mittel lange wirkte. Doppelt gesichert durch Fesseln und Betäubung würde der Typ ihm nicht entwischen.

Und dann, ja, dann hatte er ihn beobachtet. Wie verhielt er sich, litt er genügend? Ja, er hatte gelitten, wenn auch anders als der erste. Er hatte wenig gejammert, er hatte nicht gewinselt, aber er hatte gelitten. Das war das Wichtigste. Und er hatte es genossen, ihn so da liegen zu sehen. Ja, er konnte das nicht anders sagen. Mehr als beim ersten Mal hatte er das genossen. Und deshalb war es ihm nach ein paar Stunden auch leichtgefallen, den Plan zu Ende zu führen. Er hatte die Pistole entsichert, sie gehoben, hatte gewartet, bis der andere gemerkt hatte, was das Klicken bedeutete, und jetzt doch zu schreien angefangen hatte, zu betteln, sich aufzubäumen in seinen Fesseln und dann, dann hatte er …

Ihn anschließend loszuwerden, war nicht schwierig gewesen.

Danach hatte er das Gefühl gehabt, für einen Moment aufatmen zu können. Zum ersten Mal seit langer Zeit hatte er gespürt, dass kein Stein mehr auf seiner Brust lag, der ihm jeden Atemzug erschwerte. Es würde ihn nicht auf Dauer befreien, das wusste er, aber es gab ihm das Gefühl, das Richtige getan zu haben. Wie zur Bestätigung hatte er plötzlich ganz leise eine vertraute Stimme neben sich gehört und die Stimme hatte ihm zugestimmt.

10.

Es war Freitagmorgen kurz nach zehn, als Völkel widerwillig ins Präsidium ging, zu seiner alten Arbeitsstelle, von der er sich innerlich längst verabschiedet hatte. Jedenfalls glaubte er das. Er hatte gar nicht erst versucht, Wolter vorher zu erreichen, sondern ging auf gut Glück hin. Es ging nicht anders, er wollte nachschauen, ob es ähnliche Entführungsfälle wie den von Holbein behaupteten schon mal gegeben hatte, und das konnte er nur in den Polizeiakten.

Er schlich sich über den Hof zum Gebäude, ein Streifenwagen fuhr vor, Polizisten liefen rum, Gott sei Dank war niemand dabei, den er und der vor allem ihn kannte. In das erste Gefühl der Erleichterung mischte sich dann aber doch so etwas wie Wehmut.

Es ging gar nicht anders, dachte er. Er war viel zu lange raus, die meisten, die hier arbeiteten, kannten ihn gar nicht mehr. Beim nächsten oder übernächsten Besuch hält mich der erste an und fragt, was ich hier will. Mein Gott, wie die Zeit rast.

Wolter war nicht da, dafür sein jüngerer Kollege Raupach, den Völkel von zwei Einsätzen her kannte, an denen er als Pensionär mitgemischt hatte. Wolter hätte ganz plötzlich weg gemusst, sagte er. Worum es in dem Fall ginge, könne er ihm nicht sagen. Völkel nickte. Er war auch nicht daran interessiert.

„Ich müsste mal an einen Polizeicomputer", erklärte er.

Raupach zögerte.

„Ich weiß nicht … Sie wissen doch, dass das …"

„Ich weiß das", unterbrach ihn Völkel, „ich meine so einen Computer, den ich bis vor sechs Jahren noch täglich selber bedient habe."

„Ja, ja, ich verstehe. Aber Sie müssen auch mich …"

Raupach blickte sich um. Offensichtlich hatte er Sorge, dass ihn jemand hören könnte. Völkel merkte, wie er sauer wurde. Erst der Zwang, überhaupt hierhin gehen zu müssen, und jetzt dieser pingelige Mitarbeiter. Er atmete tief durch. Das hätte er sich gerne erspart.

„Was ist jetzt?", fragte er. „Geht das, was ich mir wünsche, oder soll ich warten, bis Wolter zurückkommt?"

Jetzt war es Raupach, der tief durchatmete. Dann lief er zur Tür und machte sie zu.

„Ist gut", sagte er, „weil Sie es sind. Aber machen Sie schnell."

Er stellte ihm sogar den Computer an, so dass Völkel sofort mit der Suche beginnen konnte. Er tippte das Wort Entführung ein, es waren nicht viele Fälle, die auftauchten. Aber so genau er sich auch die einzelnen durchlas, so genau er sich die Hintergründe anschaute, es war nichts darunter, das auch nur entfernt der angeblichen Entführung von Holbein glich. Immer hatten die Entführungen ein erkennbares Ziel gehabt. Meistens ging es um Geld, einmal ums Erben, ein anderes Mal wollte jemand eine Unterschrift unter einen Vertrag erzwingen, die der andere auf gar keinen Fall geben wollte.

Völkel rieb sich das Kinn. Nein, das führte nicht weiter. Aus den Augenwinkeln bemerkte er Raupachs besorgten Blick vom Nachbarschreibtisch aus. Geht es nicht etwas schneller, schien er sagen zu wollen. Völkel tippte danach die Worte Überfall und Elektroschocker ein. Auch hier gab es nur wenige Fälle. Zweimal hatten Rockerbanden so ein Ding verwendet in ihren bescheuerten Bandenkämpfen, aber auch das hatte nicht mal entfernt etwas mit dem zu tun, was Holbein erlebt haben wollte. Er tippte noch andere Stichwörter ein – Dunkelhaft, gefesselt – aber er fand nichts, rein gar nichts, das Parallelen zu Holbeins Geschichte aufwies. Sie blieb völlig einzigartig.

Schließlich stellte er den Computer aus, Raupach war die Erleichterung deutlich anzumerken.

„Na, hat's was gebracht?", fragte er.

„Nichts", antwortete Völkel. „Rein gar nichts. Aber danke, dass ich nachschauen durfte."

Jetzt muss er nur noch den berühmten Ruhrgebietssatz „Da nicht für" rauslassen, dachte Völkel, dann wäre die Heuchelei komplett. Aber das tat Raupach nicht. Er nickte nur.

„Soll ich Wolter Grüße bestellen?"

Völkel überlegte einen Moment lang.

„Nee, besser nicht."

Er war genervt, als er nach Hause fuhr. Dort kochte er sich erst mal einen Tee, den grünen, den er besonders mochte. Mit der dampfenden Tasse stellte er sich ans Fenster und schaute hinunter auf die Straße. Es war bewölkt, zwischendurch hatte es sogar nach Regen ausgesehen, aber dann hatten sich die tiefschwarzen Wolken verzogen.

Was nun, dachte er, was sollte er jetzt mit dieser Geschichte anfangen? Die stimmte doch hinten und vorne nicht, nicht annähernd hatte es vorher so etwas gegeben wie das, was Holbein erlebt haben wollte. Er trank einen Schluck von seinem Tee und beobachtete das Treiben auf der Straße. Die meisten Passanten, die vorbeiliefen, trugen keine Jacke, er hatte vorhin auch gemerkt, dass die Luft von den vergangenen Sonnentagen noch warm war.

Schließlich gab er sich einen Ruck. Er musste Holbein anrufen und ihm absagen. Das hatte doch alles keinen Sinn, es war verplemperte Zeit. Und wenn morgen oder übermorgen Anita zurückkam, was sollte er ihr sagen, wenn sie ihn fragte, wie er die Zeit verbracht hatte? Sollte er antworten: Da hat mir jemand eine völlig ausgefallene, aber wahnsinnig spannende Geschichte erzählt, an der allerdings kein Wort stimmte? Wahnsinnig, würde Anita antworten, wenn er sie ihr erzählt hätte, aber nicht wahnsinnig spannend.

Genau in dem Moment, als er sein Handy zur Hand nahm, um Holbein anzurufen, klingelte es. Es war Wolter, der sich meldete.

„Komm mal schnell nach Eving", legte er gleich los, „ich muss dir was zeigen."

Völkel war völlig überrascht.

„Worum geht's denn?"

„Nun frag nicht so viel, ich zeige es dir."

Gut, wenn Wolter so sehr darauf bestand, konnte er ihm schlecht absagen. Er ließ sich noch den Ort beschreiben, zu dem er kommen sollte, es war ganz in der Nähe der A1.

Eine knappe halbe Stunde später war Völkel da. Er entdeckte Wolter schon von Weitem. Streifenwagen standen herum, bei einem drehte sich noch das Blaulicht. Rot-weißes Flatterband sperrte den Ort ab, und obwohl er weit außerhalb des Vororts lag, stand eine Gruppe Neugieriger davor. Ein Polizist wollte ihn zuerst nicht vorbeilassen, weil er ihn nicht kannte, aber Wolter rief ihm etwas zu, woraufhin er sofort zur Seite trat.

Ein mulmiges Gefühl beschlich ihn, als er sich langsam näherte. Tatsächlich, ein Mann lag dort neben einem Gebüsch. Völkel musste gar nicht bis dorthin gehen, um zu bemerken, dass der Mann tot war. Die Todesursache bemerkte er aber erst, als er direkt vor dem Mann stand. Aus einer kleinen Stelle in der Brust war Blut gesickert. Er lag auf dem Rücken, das rechte Bein angewinkelt, die Arme von sich gestreckt. Wie hingeworfen lag er da.

Ein Schotterweg führte vorbei. Dann war Fundort wahrscheinlich nicht gleich Tatort, überlegte Völkel, der Mörder war hierhin gefahren und hatte ihn hier abgelegt. Es würde schwierig werden, brauchbare Spuren zu finden.

Ratlos blickte er sich um. Das müsste Wolter ohne seine Hilfe rausfinden, was sollte er also hier? Für so etwas war er nicht mehr zuständig, schon lange nicht mehr. Wolter bemerkte seinen Blick.

„Du musst näher herantreten", sagte er, „dann siehst du, was passiert ist und warum du es sehen sollst."

Völkel folgte der Aufforderung, konnte aber immer noch nichts entdecken.

„Die Hand- und Fußgelenke", erklärte Wolter, „die musst du dir anschauen."

Völkel beugte sich zu der Leiche hinunter, ein unangenehmer Geruch stieg ihm in die Nase. Schon früher, als er noch zu seinem Berufsalltag gehört hatte, war ihm davon übel geworden, jetzt spürte er einen Brechreiz. Mit Macht musste er sich überwinden, die Aktion nicht abzubrechen. Er griff in seine Hosentasche und hielt sich ein Taschentuch vor die Nase. Vorsichtig schob er den Ärmel der Jacke an der Hand hoch. Tatsächlich, da war ein Abdruck wie von einem Riemen. Erstaunt richtete er sich auf und schaute Wolter an.

„Weiter", drängte Wolter, „schau dir das andere Handgelenk an und dann die Füße."

Völkel tat es, plötzlich störte ihn der Geruch nicht mehr. An allen Gelenken fand er die gleichen Abdrücke. Wolter stand im nächsten Moment neben ihm.

„Na, dämmert's?"

Völkel merkte selbst, dass er irgendwie auf der Leitung stand. Ja, da war was, aber was?

„Mann, du bist heute aber schwer von Begriff", sagte Wolter. „Oder bist du schon zu lange raus? Früher hättest du jedenfalls schneller geschaltet."

„Der Mann ist mit Lederriemen gefesselt worden an Händen und Beinen", antwortete Völkel und merkte, wie ihm plötzlich ein Licht aufging. „Genauso wie …"

„Richtig, endlich kapierst du's", antwortete Wolter. „Genau wie dieser Holbein das von sich behauptet hat.

Mach mir nichts vor, du bist doch noch an der Sache dran, oder sollte ich mich so sehr täuschen?"

Völkel antwortete nicht darauf.

„Du meinst, dass es da einen Zusammenhang geben könnte?", fragte er stattdessen.

Wolter zuckte mit den Schultern.

„Das weiß ich nicht. Mir fallen nur die Parallelen auf. Dieser Mann ist eine Zeit lang gefangen gehalten worden, bevor er erschossen wurde. Mit Armen und Beinen war er an eine Unterlage festgeschnallt gewesen. Und er hat sich dagegen gewehrt, ohne dass es ihm etwas genutzt hat."

„Das hieße ja …" Völkel zögerte einen Moment lang, bevor er fortfuhr. „Das hieße ja, dass das mit Holbein gar keine Entführung war. Dann sollte er ermordet werden und es hat aus irgendwelchen Gründen nicht geklappt."

„Oder dieser hier sollte auch nur entführt werden und der Mord war ein Unfall", entgegnete Wolter. „Vorausgesetzt natürlich, dass es einen Zusammenhang gibt."

Völkel nickte.

„Aber wenn meine Vermutung stimmt, hätte Holbein riesiges Glück gehabt."

„Oder dieser hier großes Pech."

„Egal, was es war", sagte Völkel, „in beiden Fällen wäre ein Serientäter unterwegs."

„Kann sein", antwortete Wolter, „aber das ist bis jetzt nichts weiter als eine Vermutung."

Völkel fuhr sich trotzdem mit der Hand über die Stirn. Um Gottes willen, wenn das stimmen würde!

„Wisst ihr, wer der Tote ist?", fragte er und zeigte auf die Leiche.

„Noch nicht. Der hatte keine Papiere dabei. Aber ich werde dich informieren, wenn ich es weiß."

„Schaut euch mal genau den Körper an, den Rücken vor allem, ob ihr da eine Brandspur findet. Holbein behauptet, er wäre mit einem Elektroschocker niedergestreckt worden."

Wolter nickte.

„Machen wir sowieso."

„Und sucht auch mal, ob ihr die Einstichstelle einer Nadel findet." Er sagte das, obwohl er wenig Hoffnung hatte, dass sie so etwas finden würden. Holbein hatte an seinem Körper auch keine Einstichstelle entdeckt, aber er hatte davon gesprochen, dass er den Stich einer Nadel gespürt hatte, als er gefangen genommen wurde.

Völkel schaute sich den Kopf des Mannes genau an. Das Gesicht wirkte aufgedunsen, das graue Haar war schütter, die Bartstoppeln hatte er vermutlich, weil er sich in Gefangenschaft nicht rasieren konnte. Auf etwa Mitte vierzig schätzte er den Mann. Er sah irgendwie verlebt aus, auch wenn manches an seinem verquälten Gesichtsausdruck sicher auf die Strapazen zurückzuführen war, die er in den letzten Tagen durchlebt haben musste.

„Und weshalb sollte ich mir die Leiche ansehen?", fragte er. „Wolltest du mir sagen, dass es richtig gewesen war, mich in Holbeins Angelegenheit ein wenig umzuhören?"

Wolter grinste.

„Wusste ich's doch! Ich habe mir gedacht, wenn du schon mal aktiv bist, dann können wir uns die Arbeit teilen. Wir machen das kleine Einmaleins, Identität rausfinden, Familie befragen, Freunde, hatte er Schulden. Eben das Übliche. Und du …"

„Ich soll bei Holbein rausfinden, ob es einen Zusammenhang gibt."

„Genau." Wolter nickte. „Du hast doch zu ihm einen vertrauensvollen Kontakt, den können wir jetzt mal nutzen."

Völkel grinste.

„Das hast du dir gut ausgedacht."

„Da war nichts groß auszudenken. Ich kenne dich doch."

Völkel machte, bevor er ging, mit seinem Handy noch ein Foto von dem Gesicht des Toten. Danach ein zweites von einem Armgelenk.

„Vielleicht finde ich ja noch vor euch raus, wer das ist", sagte er.

„Habe nichts dagegen", antwortete Wolter, „solange du es uns sofort mitteilst."

11.

Sofort, nachdem Völkel zu seinem Auto zurückgekehrt war, versuchte er, Holbein anzurufen, erreichte ihn aber nicht. Jemand aus der Redaktion sagte ihm, er hätte um zwei Uhr einen Außentermin. Von seinem Handy erklang die freundliche Stimme, dass er im Moment nicht zu erreichen sei. Völkel bat um Rückruf, und zwar dringend.

Es war merkwürdig. Vorhin hatte er ihn anrufen wollen, um ihm abzusagen. Da wäre es egal gewesen, ob er ihn sofort erreichte oder erst später. Jetzt hatte sich die Situation geändert, vielleicht sogar grundlegend. Das hing ganz von Holbeins Verhältnis zu dem Ermordeten ab. Wie schnell sich doch alles ändern konnte!

Er fuhr zurück in die Stadt, was sollte er noch hier am Tatort? Das war jetzt ganz das Revier von Wolter, er hatte damit nichts zu tun. Er hatte noch nicht ganz den Dortmunder Norden erreicht, da klingelte schon sein Handy. Gott sei Dank, es war Holbein.

Er müsse ihn dringend sprechen, erklärte ihm Völkel, es gäbe da eine wichtige Frage zu klären. Holbein befand sich in der Innenstadt, sie verabredeten sich im Café im Dortmunder „U". Zehn Minuten später traf Völkel dort ein, fast gleichzeitig mit Holbein. Sie bestellten jeder einen Cappuccino, dann zeigte Völkel Holbein das Foto von dem Ermordeten.

„Kennen Sie den?"

Holbein starrte einen Moment darauf.

„Mein Gott, das ist Werner Kühne. Was ist mit dem? Der sieht so leblos aus."

Völkel durchzuckte es, als hätte er versehentlich an einen Elektrozaun gepackt. Mein Gott, dachte er, da gibt es ja wirklich einen Bezug. Was für eine Geschichte läuft denn hier ab?

„Wer ist Werner Kühne?"

„Das ist der Wirt der Szenekneipe ‚Gambrinus' hinter dem alten Ostwallmuseum. Da gehe ich manchmal hin."

Holbein sah Völkel fragend an.

„Was ist denn mit Werner passiert?"

Völkel beschloss, auf direkte Weise zu antworten, ohne Formulierungen, die auf den Schrecken vorbereiteten. Manchmal provozierte dieser Weg spontane Reaktionen, die weiterhalfen.

„Was passiert ist? Ermordet worden ist er, eiskalt erschossen."

Holbein schlug die Hand vor den Mund.

„Aber warum denn?", rief er dann. „Doch nicht der Werner! Was hat er denn getan?"

„Das frage ich Sie", antwortete Völkel. „Haben Sie einen Verdacht?"

„Einen Verdacht? Nein, warum sollte ich?"

Schade, da hatte die Überraschung doch nicht geklappt. Oder Holbein war wirklich ahnungslos. Mal sehen, dachte Völkel, denn eine Karte hatte er noch im Ärmel. Aber die zu spielen, würde er sich Zeit lassen. Er trank einen Schluck von dem Cappuccino.

„Vielleicht hatte er Krach mit einem seiner Gäste, bei dem es um irgendwas Wichtiges ging."

Holbein schüttelte den Kopf.

„Nein, was sollte das denn für ein Krach sein? Ich kann mir da nichts vorstellen, weshalb man einen Menschen erschießt." Er überlegte einen Moment lang, bevor er fortfuhr. „Aber ich kenne auch nicht alle Leute, die dahin gehen", meinte er dann. „Das ist halt eine Kneipe, in der es an manchen Abenden rundgeht. Dann bin ich schon mal dabei."

„Was heißt rundgehen?"

„Naja, Musik, Saufen und so."

Völkel schaute ihm genau in die Augen.

„Und was bedeutet dieses ‚und so'?"

„Dass nicht nur Männer kommen, sondern auch Frauen. Dafür sorgt Werner schon."

War das ein Grinsen gewesen, das kurz über sein Gesicht huschte? Völkel war sich nicht sicher. Holbein griff jetzt zu Völkels Handy und sah sich das Foto von der Leiche noch einmal genau an.

„Eines verstehe ich nicht", sagte er dann. „Was hat das alles mit meiner Entführung zu tun? Soll ich mir von jetzt an jedes Mordopfer in Dortmund ansehen?"

„Nicht jedes." Völkel nahm ihm sein Handy ab und holte das zweite Foto hervor, das er von dem toten

Kühne gemacht hatte. „Aber alle, die nach der Ermordung solche Handgelenke haben."

Er hielt ihm das Foto direkt vor die Nase. Holbein starrte darauf, zuerst schien er nicht zu begreifen, was er da sah, dann riss er plötzlich die Augen weit auf.

„Mein Gott, das sieht ja so aus wie …"

Er sträubte sich dagegen, auszusprechen, was er dachte.

„Das sieht so aus, als wäre er an Armen und Beinen gefesselt gewesen, als er erschossen wurde."

Holbein schob die Ärmel seiner Jacke hoch. Die Striemen waren noch erkennbar, wenn auch deutlich verblasst.

„Sehen alle seine Gelenke so aus?", fragte er dann.

Völkel nickte. Holbein verstummte für einige Zeit, dann schien er endlich zu begreifen.

„Heißt das, dass Werner von derselben Person entführt wurde, die auch mich entführt hat?"

Völkel zuckte mit den Schultern.

„Um Himmels willen, wenn das stimmt, sollte ich dann vielleicht auch ermordet werden?"

Völkel zuckte wieder mit den Schultern.

„Aber warum das alles? Ich verstehe das nicht."

Heftig schüttelte er mit dem Kopf, seine Stimme klang jetzt etwas weinerlich.

„Warum sollte uns jemand so etwas antun? Mir und dem Werner."

„Weil es irgendetwas gibt, das Sie beide verbindet. Irgendetwas, das Sie gemeinsam haben."

„Aber das kann nicht sein, da gibt es nichts! Der Werner hat eine Kneipe, da gehe ich hin. Da feiern interessante Leute und ich bin dabei. Das alles ist völlig normal, auch wenn wir manchmal ein bisschen ausgelassen feiern."

Er schwieg einen Moment lang.

„Haben Sie keine Stammkneipe?", fragte er dann.

Völkel nickte. Zwei, dachte er, ich habe zwei im Kreuzviertel, aber warum sollte ich dir das verraten.

„Sehen Sie", sagte Holbein, „und in Ihrer Kneipe gibt es einen Wirt. Den kennen Sie natürlich, weil Sie Ihr Bier bei ihm bestellen. Aber sonst, haben Sie sonst was mit ihm zu tun?"

Völkel schwieg.

„Sehen Sie, so ist das bei mir auch. Ich kann mir die ganze Sache nicht erklären. Das muss Zufall sein. Oder eine Verwechslung. Ja, vielleicht hat mich da jemand mit Werner verwechselt, und als ihm der Irrtum auffiel, hat er mich …"

Er brach ab und starrte hinaus aus den großen Fenstern. Dort, vor dem Café, war eine Strandlandschaft aufgebaut worden. Ein Swimmingpool stand dort, Sand war aufgeschüttet worden, Liegestühle standen bereit. Daneben stand eine Bar. Hier erhoffte sich jemand warmes Wetter, dann gäbe es Mallorca mitten in Dortmund, dachte Völkel und musste schmunzeln. Ja, warum nicht?

Sie tranken beide einen Schluck von ihrem Cappuccino. Es war Völkel unklar, woran Holbein jetzt dachte. An eine Verwechslung, wie er sie gerade vermutet hatte, glaubte er offensichtlich selber nicht, sonst hätte er nicht mitten im Satz abgebrochen. Überlegte er stattdessen, ob es nicht doch eine tiefere Verbindung zwischen ihm und Kühne gab?

Er trank in immer kürzeren Abständen von seinem Cappuccino, schließlich war die Tasse leer.

„Nein", wiederholte Holbein, „ich kann mir das alles nicht erklären. Striemen wie die von Werner hatte ich auch, aber mein Fall kann trotzdem nichts damit zu tun haben. Ich kannte ihn nur von meinen Kneipenbesuchen und außerdem gibt es da einen großen Unterschied."

„Sie meinen, dass Sie noch leben, während Kühne tot ist."

„Gott sei Dank lebe ich noch", antwortete er, „für Werner aber tut es mir leid. Das war ein guter Wirt, ich bin da gerne hingegangen."

Sie verabschiedeten sich. Holbein müsste dringend in die Redaktion, erklärte er, er hätte noch zwei längere Geschichten zu schreiben.

Völkel blieb sitzen und genoss noch eine Weile den Blick auf die Mallorcalandschaft. Was sollte er von diesen Erklärungen halten? Sollte er Wolter informieren und ihm sagen, dass Holbein den Werner Kühne kannte, es aber keinen erkennbaren Zusammenhang zwischen den beiden Fällen gäbe, wie Holbein behauptete? Lohnte es sich, das Wolter mitzuteilen, oder hielt er ihn damit nur von seiner Arbeit ab? So, wie Holbein das erklärt hatte, war die Verbindung wirklich schwach und half nicht wirklich weiter. Andererseits, hatte Holbein ihm auch wirklich die ganze Wahrheit gesagt? Immerhin hatte er nichts von seiner Geschichte zurückgenommen. All seine Überlegungen waren davon ausgegangen, dass er sie wirklich erlebt hatte. Doch, das war wirklich ein Ergebnis des Gespräches, das Bestand hatte. Es schien was dran zu sein an Holbeins Geschichte.

Die Fakten, dachte Völkel und trank den letzten Schluck von seinem Cappuccino, ich muss mich an die Fakten halten. Und die waren ganz eindeutig der Umweltskandal. Da hatte sich Holbein Gegner angelacht, die allen Grund dazu hatten, sich an ihm zu rächen. Vor allem der Firmenchef, dieser Böttcher. Die Sache mit Kühne wollte er erst mal im Hinterkopf behalten, solange sich dafür keine weiteren Indizien fanden.

Per Handy schickte er Wolter die Infos, wie der Tote hieß und dass Holbein ihn gekannt habe, wie wohl viele Dortmunder ihn gekannt hatten. Tiefer gehende Bezüge gäbe es nicht.

Kurze Zeit später kam Wolters Antwort. Den Namen hätten sie schon selber rausgefunden, schrieb er ihm. Aber wenn er die Holbeinspur trotzdem weiterverfolgen wolle, wäre es ihm recht. Sie selber hätten keine Zeit dazu und man könne ja nie wissen.

12.

Noch im „U" versuchte Völkel, die Telefonnummer von Böttcher rauszufinden. In Herne würde er wohnen, hatte Dietrich vermutet. Tatsächlich, dort fand er einen Friedhelm Böttcher. Er rief an, eine Frauenstimme meldete sich. Völkel nannte seinen Namen und sagte, dass er gerne Herrn Böttcher gesprochen hätte. Es gehe um seine alte Firma, der ÖGE in Dortmund.

Pass auf, jetzt ist das Gespräch sofort zu Ende, dachte er, aber es war ihm keine geschicktere Einleitung eingefallen. Doch so war es nicht, die Frau blieb ganz offen.

„Mein Mann ist nicht da", sagte sie, „er hat einen Geschäftstermin. Können Sie nicht morgen Früh anrufen?"

Völkel war beeindruckt von der Freundlichkeit. Dann könnte er es auch riskieren, hartnäckig zu sein, glaubte er.

Die Sache wäre leider eilig, erwiderte er, er hätte nur zwei, drei Fragen. Ob sie ihm die Handynummer anvertrauen würde?

Also, das ginge jetzt doch nicht, antwortete sie. Völkel nickte. Klar, er würde seine eigene Handynummer ja auch nicht einem wildfremden Anrufer rausrücken.

„Verstehe", sagte er und überlegte krampfhaft, wie er es schaffen konnte, doch noch schnell an Böttcher heranzukommen. Da war es zu seiner Überraschung die Frau, die von sich aus einen Vorschlag machte.

„Geben Sie mir Ihre Handynummer, mein Mann ruft bestimmt gleich an. Dann gebe ich sie ihm und er wird sich melden."

„Ja, das ist gut!", rief Völkel, gab ihr seine Handynummer und bedankte sich für die Hilfsbereitschaft.

Das war schon eine erstaunliche Diskrepanz, dachte er, als er aufgelegt hatte. Auf der einen Seite die betrügerischen Machenschaften in der Firma ihres Mannes, auf der anderen die freundliche und völlig arglose Frau. Aber gut, das eine war die Frau, das andere der Mann. Und dass dem einiges zuzutrauen war, hatte er ja schon bewiesen.

Was sollte er jetzt tun? Anita kam erst morgen zurück, in der Entführungs-Sache kam er ohne das Gespräch mit Böttcher nicht weiter, er hatte also Zeit. Dann konnte er sich, wenn er schon mal hier war, die aktuelle Ausstellung ansehen, beschloss er.

Es war eine Fotoausstellung mit großen Schwarzweißbildern zum Thema Fußball. Eine Fotografin hatte sie gemacht, Bilder von der Nationalmannschaft. Die Frau, stellte Völkel fest, während er an den Bildern vorbeilief, konnte auf keinen Fall ein Fan sein, denn sie hatte Perspektiven gewählt, aus denen ein Fan das Spiel niemals beobachten würde. Von der Eckfahne aus hatte sie fotografiert, schräg über den Platz, so dass die Spieler im Hintergrund verschwammen, beim Freistoß, als sich zwei Spieler zum Ball bückten und ihre Köpfe zu einem verschmolzen. Völkel musste lachen, als er es sah. Doch, so konnte man Fußball auch sehen, mit Witz, aus ungewohnter Perspektive. Er war angetan. Gerade in dem Augenblick, als er sich zwei, drei Bilder noch mal genau ansehen wollte, klingelte das Handy. Es war Böttcher. Er wäre gerade auf einem Rastplatz an der B1 auf halbem Wege nach Bochum. Wenn er schnell käme, könnte er ihn sprechen.

Völkel beeilte sich, weit weg war es nicht, aber die B1 war voll wie an jedem Freitagnachmittag. Trotzdem, zwanzig Minuten später war er da. Auf dem Platz stand ein kleiner, nachgebauter Förderturm, der an den Bergbau im Ruhrgebiet erinnern sollte. Völkel fand ihn ganz nett, trotzdem störte er sich daran. In fast allen Städten, in denen es Zechen gegeben hatte, ließ man den Förderturm stehen, um an die Tradition zu erinnern. Völkel fand das übertrieben. Ein paar Erinnerungsorte reichten, das Ruhrgebiet musste nicht mit funktionslos gewordenem Industriemüll zugeballert sein. Es kam ihm so vor, als wollte man lieber zurückblicken als nach vorn. Aber naja, er konnte sowieso nichts ändern.

Als er die Gaststätte betrat, blickte er sich suchend um. Ein Mann, der an einem Tisch am Fenster saß, blickte ihm neugierig entgegen, im nächsten Moment winkte er ihm zu. Völkel ging hinüber zu ihm. Der Mann stand auf und reichte ihm die Hand.

„Böttcher", sagte er.

Völkel schätzte ihn auf etwa fünfzig. Er war ein kleiner, drahtiger Mann mit Bürstenhaarschnitt. Garantiert machte der irgendeinen Sport, wahrscheinlich ging er regelmäßig in die Muckibude.

„Sie sind von der Polizei und wollen was wissen über meine alte Firma, haben Sie meiner Frau gesagt. Aber wahrscheinlich geht es Ihnen gar nicht darum, sondern um den alten Fall, stimmt's?"

Völkel staunte. Das hatte er selten, dass jemand von sich aus bereit war, die unangenehmen Punkte anzusprechen.

„Wie man es nimmt", antwortete Völkel. „Wie geht es Ihnen denn nach dem Verlust der Firma?"

Böttcher hatte eine Tasse Kaffee und ein Glas Mineralwasser vor sich stehen. Er trank jetzt einen Schluck von dem Wasser.

„Ja, der Verlust hat mich schon getroffen. Aber seit es wieder aufwärts geht, denke ich nicht mehr so viel daran. Ehrlich gesagt würde ich die ganze Sache sowieso gerne komplett vergessen."

„Es geht wieder aufwärts? Was machen Sie denn, wenn ich fragen darf."

„Ich vermittle Geschäfte in der Recyclingbranche. Ich habe ja noch die alten Kontakte."

„Und diese Leute wollen weiter mit Ihnen zusammenarbeiten, so als wäre nichts passiert?"

Böttcher zog die Stirn in Falten und sah seinen Gesprächspartner nachdenklich an. Um Gottes willen, habe ich mit der Frage überzogen?, dachte Völkel.

„Alle wollen nicht mehr mit mir zusammenarbeiten, da haben Sie Recht. Aber manche schon. Und mit der Zeit werden es immer mehr. Warum wollen Sie das wissen?"

„Ich erkläre es Ihnen gleich. Lassen Sie mich vorher noch etwas anderes fragen. Was ist denn aus Ihrem alten Besitz geworden?"

„Der ist unter den Hammer gekommen. Alles, was ich reingesteckt habe, ist futsch. Die Strafgelder sind allerdings auch davon bezahlt worden, immerhin."

„Dann hatten Sie nach der Aufdeckung des Skandals ja keinen Boden mehr unter den Füßen."

Böttcher schmunzelte. „Naja, ich habe noch eine Eigentumswohnung. Zwar nur in Herne, aber sehr schön. Eine Penthousewohnung mit großem Balkon. Und jetzt ist meine Frau auch noch schwanger. Endlich."

Seine Augen leuchteten, Völkel kamen Zweifel. Hatte so einer noch ein Interesse daran, sich nach langer Zeit zu rächen? Und dass er noch nebenbei was für sich abgezwackt hatte, bevor alles den Bach runterging, durfte man Leuten wie ihm auf jeden Fall zutrauen. Ins Bodenlose war der bestimmt nicht gefallen. Trotzdem, Völkel beschloss, wegen Holbein nachzuhaken. Er war Böttcher schließlich noch eine Erklärung für all seine Fragen schuldig.

„Der Journalist Holbein hat das damals aufgedeckt. Der hat Sie und Ihre Firma über Wochen nicht in Ruhe gelassen. Das war doch eine bedrohliche Situation. Wie denken Sie heute darüber?"

Böttcher sah ihn erstaunt an.

„Wollen Sie eine Erklärung von mir, wie zeitgemäßer Journalismus funktionieren soll? Ist es das, weshalb Sie mich angerufen haben?"

Völkel musste grinsen. Er hatte seine Frage auch wirklich nicht besonders clever gestellt.

„So ungefähr", antwortete er.

„Also, dass ich den nicht besonders mag, ist doch wohl klar."

„Haben Sie noch immer Wut auf ihn?"

„Wut hatte ich, als immer neue Artikel gegen meine Firma und mich erschienen sind. Sogar eine Stinkwut, das gebe ich gerne zu. Aber mein Gefühl heute würde ich nicht mehr als Wut bezeichnen. Ich will ihm nicht mehr begegnen, weiß Gott nicht, denn was er rausgefunden hat, war ja nur ein Provisorium. Ein verbotenes, das stimmt, aber das hätten wir schon wieder geradegebogen."

„Sie hatten doch wochenlang Zeit dafür, das Giftzeugs verschwinden zu lassen."

„Eben nicht. Nach den ersten Veröffentlichungen wurden die Ladungen unserer Lastwagen genauer kontrolliert, wenn die etwas irgendwo hinbrachten. Wie sollten wir da den Mist loswerden?"

Er sah Völkel mit so nachdenklichen Augen an, dass der das Gefühl bekam, ihn bedauern zu sollen. Aber so weit kam das noch!

„Also fühlen Sie sich durch ihn doch geschädigt. Er hat zerstört, was Sie sich aufgebaut haben."

„Wissen Sie, heute sehe ich das anders. Ursache war nicht dieser durchschnittliche Journalist, der durch Zufall auf eine Sache gestoßen ist, die er für groß gehalten hat. Jedenfalls für die größte in seinem ganzen Berufsleben."

Jetzt schwang doch so etwas wie Zorn in seiner Stimme mit.

„Ursache war unser Fehler mit der unsachgemäßen Lagerung. Das hätten wir so nicht machen dürfen."

„Dann steckte kein Plan dahinter, den Sie damals verfolgt haben?"

„Nein, auf keinen Fall. Wir haben nach anderen Lösungen gesucht, aber nicht so schnell gefunden."

Wie man sie nach Afrika schicken kann, dachte Völkel, oder in irgendeinem Meer verklappen. Aber das sagte er nicht. Er wollte ihn nicht in dieser Sache, die längst erledigt war, sondern in seiner Beziehung zu Holbein provozieren.

„Dann sind Sie gar nicht mehr sauer auf Holbein?"

„Holbein ist mir egal. Es war eine Niederlage, die ich damals erlitten habe, aber ich habe daraus gelernt. Und jetzt geht es wieder aufwärts, beruflich und vor allem privat. Wir haben uns schon so lange ein Kind gewünscht. Meine Frau meint, es hat erst jetzt geklappt, weil all der Stress von uns abgefallen ist."

Völkel sah ihn sich genau an. War das eine Erklärung, die man ihm abnehmen konnte? Er schaute aus dem Fenster. Der Verkehr in Richtung Dortmund hatte sich etwas entzerrt. Die Autobahn war immer noch voll, aber es gab keinen stockenden Verkehr mehr. Er würde gleich schnell zurück in der Stadt sein. Gut, dass er sich keine Tasse Kaffee geholt hatte. Zu viel Kaffee am Tag bekam ihm nicht, vor allem nicht am späten Nachmittag.

Er verabschiedete sich, Böttcher lächelte. Es war ein freundliches Lächeln, so schien es Völkel, nicht das eines Mannes, der erleichtert darüber war, jemand anderen um den Finger gewickelt zu haben. Aber gut, er konnte sich täuschen. Gänzlich abhaken wollte er die Sache mit Böttcher noch nicht.

13.

Als Völkel die B1 in Höhe des Stadions entlangfuhr, staute sich der Verkehr wieder, aber das machte ihm nichts aus. An der nächsten Ausfahrt musste er sowieso runter. Irgendwie kam es ihm so vor, als wäre seine Sache mit Holbein zu Ende. Es schien ihm unwahrscheinlich, dass Böttcher etwas damit zu tun haben konnte. So clever wie der bei seinen Erklärungen zu Holbein konnte sich keiner verstellen. Oder doch? Völkel schüttelte den Kopf. Nein, so lange war er noch nicht aus seinem Beruf heraus, als dass ihn jemand so elegant aufs Glatteis führen könnte.

Böttcher und Dietrich hätten Grund gehabt, Holbein zu bestrafen, beide fielen aber nach Völkels ersten Eindrücken aus. Andere Feinde hatte er nicht, jedenfalls hatten das Inga Kerber und er selbst behauptet. Das Verhältnis zu seinem Bruder war abgekühlt gleichgültig, aber das war bei vielen Geschwistern so. Nichts, was für eine Entführung sprach, nichts, was sie auch nur im Ansatz rechtfertigte.

Er fuhr über die Rheinische Straße in die Stadt ein. Es war warm, deshalb hatte er einen Spaltbreit die Scheibe der Seitentür heruntergelassen. Der sanfte Fahrtwind verhinderte, dass er ins Schwitzen kam.

Da gab es allerdings noch Werner Kühne, fiel ihm ein. Er war gefesselt und offensichtlich gefangen gehalten worden, ähnlich wie Holbein, dann aber erschossen worden, während Holbein noch lebte. An dem einen Punkt gab es also eine Parallele, an dem anderen nicht. Ein schwacher Bezugspunkt insgesamt, selbst Holbein hatte das so gesehen.

An der Ampel zum Ostwall bog er nach rechts ab. Ganz unwillkürlich war das geschehen, ohne großes Nachdenken. Wohin fahre ich eigentlich, dachte er, als er sich in den Verkehr einfädelte, und plötzlich begriff er es. Er war auf dem Weg zum alten Ostwallmuseum! Komisch, dachte er. Während die Vernunft ihm gerade noch gesagt hatte, dass an der Sache nichts dran sein konnte, hatte sein Unterbewusstsein längst anders entschieden. An der übernächsten Ampel bog er nach links ab und parkte am Gewerkschaftshaus. Dann ging er an dem leeren Museum vorbei, dessen Bestände sich jetzt im „U" befanden, und kam zu der Straße, in der sich gleich mehrere Gaststätten befanden. Ein Chinarestaurant gab es hier, eine Thaimassage, eine normale Eckkneipe und dann stand er vor dem „Gambrinus". „Restaurant und Bar" stand in kleineren Buchstaben unter dem großen Schriftzug mit dem Kneipennamen. Merkwürdige Kombination, dachte Völkel, Barbetrieb und Essen, aber vielleicht war gerade das ein Erfolgsmodell.

Es war kurz nach fünf, also müsste eigentlich geöffnet sein, dachte er. Aber als er näher kam, merkte er, dass im Innern der Kneipe kein Licht brannte. An der

Tür klebte ein großes Plakat: „Wegen Trauerfall geschlossen."

Völkel schlug sich gegen die Stirn. Mein Gott, was war das für ein Blödsinn gewesen, hierhin gegangen zu sein, das hätte er doch wissen müssen. Fast war er geneigt, sich umzudrehen, um festzustellen, ob auch niemand seine Dummheit bemerkt hatte. Aber das wäre schon der nächste Blödsinn gewesen. Hier kannte ihn doch keiner, und falls doch, würde er garantiert nicht wissen, in welcher Angelegenheit Völkel unterwegs war. Wenn er sich blamiert hatte, dann nur vor sich selber.

Er merkte, wie er wütend wurde. Wütend auf sich, denn er war doch selber schuld daran, dass er hier vor verschlossener Tür stand. Er könnte jetzt einen gemütlichen Freitagabend vor dem Fernseher verbringen und morgen dann nach dem Frühstück zu Anita fahren.

Er drehte sich um und wollte zurück zu seinem Auto, da sah er, dass ein Mann auf ihn zu geschlurft kam. Die Schultern hingen nach vorn, die Bartstoppeln zeigten, dass er sich bestimmt seit drei Tagen nicht rasiert hatte. Die Jacke war speckig, die Hose verbeult. Völkel schätzte ihn auf Mitte sechzig. Er merkte gleich, was los war. Da kam einer, der seine tägliche Ration Alkohol abholen wollte oder, genauer gesagt, der sie dringend nötig hatte.

Der Mann beachtete Völkel gar nicht, sondern schlurfte an ihm vorbei zur Kneipentür. Auch das Plakat ignorierte er. Er drückte die Klinke runter und versuchte, die Tür aufzudrücken. Erst nach mehreren vergeblichen Versuchen blickte er sich erstaunt zu Völkel um. Aha, zur Kenntnis genommen hatte er ihn schon, nur nicht beachtet.

„Wat is los?", fragte der Mann.

„Geschlossen."

„Geschlossen? Warum dat denn?"

„Steht da."

Der Mann drückte seine Nase fast platt auf dem Plakat, anschließend brauchte er einige Zeit, bis er verstanden hatte.

„Trauerfall?", fragte er und drehte sich zu Völkel um, „wat denn für 'nen Trauerfall?"

„Werner Kühne ist tot."

„Wat, der Werner? Wieso dat denn?"

Völkel wunderte sich, wie ruhig der Mann blieb, und beschloss, ebenfalls ruhig zu antworten.

„Weil er erschossen worden ist."

Jetzt durchzuckte den Mann doch ein Schreck. Sein Kopf stieß ruckartig nach oben, die Schultern strafften sich. Für jemand, der vorher so gleichmütig geblieben war, war das eine erstaunliche Reaktion. Völkel bekam plötzlich einen Verdacht.

„Haben Sie eine Vermutung, warum Kühne erschossen wurde?"

„Hat man den Mörder denn nicht gefasst?"

„Nein, bis jetzt noch nicht."

Er senkte wieder den Kopf, diesmal aber nicht, um in seine alte Trägheit zurückzufallen, sondern um zu überlegen.

„Nee, ich habe keine Vermutung", sagte er schließlich, „aber wenn Se wat wissen wollen, müssen Se eine Frau fragen. Die Marga Schumann nämlich, die kann Ihnen vielleicht wat erzählen. Die weiß allet, wat den Kühne betrifft."

Völkel merkte, wie sein gerade erloschenes Interesse plötzlich wieder erwachte. Da gab es eine Frau, die ihm etwas zu den Hintergründen des Mordes sagen konnte?

„Was ist das für eine Frau? Wissen Sie, wie ich die erreichen kann?"

„Klar weiß ich dat. Marga Schumann wohnt an der Bornstraße."

Er griff in seine Hosentasche, holte ein Handy heraus und tippte darauf herum. Dann hielt er es ihm vor die Nase.

„Hier ist ihre Handynummer."

Völkel kramte einen Zettel und einen Kugelschreiber aus der Innentasche seiner Jacke und notierte sie sich, dazu die Adresse.

„Sie wissen aber genau über Frau Schumann Bescheid", sagte er dabei. „Woher kommt das?"

„Weil ich öfters wat für sie besorge und dafür bekomme ich dann …"

„Ist gut", winkte Völkel ab, „ich weiß schon."

„Nee, nich wat Sie denken. Ich meine zwei, drei Flaschen Bier."

Völkel musste lachen. Es gab Missverständnisse, die wirklich gut waren.

Ohne einen weiteren Kommentar drehte der Mann sich um und schlurfte, jetzt wieder mit hängenden Schultern, hinüber zur Eckkneipe. Tiefer gehende, nachhaltige Trauer schien er nicht zu empfinden. Der Schreck, den er bei der Nachricht von der Ermordung Kühnes empfunden hatte, war wohl mehr der Sorge geschuldet, dass er sich eine neue Stammkneipe suchen musste. Völkel musste grinsen. Es gab für manche Leute halt Dinge, die wichtiger waren als so ein alltäglicher Mord.

Er überlegte kurz. Nein, heute würde er nicht mehr zu dieser Marga Schumann gehen, egal, was sie zum Fall aussagen konnte oder nicht. Jetzt kam erst mal er dran, er mit seinen eigenen Interessen und Wünschen.

14.

Sie fehlte ihm, sie fehlte ihm so sehr. Es war schrecklich, das jeden Tag neu zu spüren und sich nicht dagegen wehren zu können. Der Freund, den sie damals gehabt hatte, war auch kein Trost. Er hatte sich schon vorher aus dem Staub gemacht, gerade in dem Augenblick, als sie ihn gebraucht hätte. Er war nicht eifersüchtig gewesen auf diesen Freund, den sie erst kurz vorher kennengelernt hatte, nein, er war bereit, ihn zu akzeptieren. Nein, mehr als das, er war bereit gewesen, ihn anzunehmen, denn er war ja ihr Freund, war ein Teil von ihr. Aber als es drauf ankam, war er abgehauen, hatte sich einfach aus dem Staub gemacht und sie dadurch noch tiefer in die Verzweiflung gestürzt.

Manchmal, wenn er mit seinen Gefühlen nicht klarkam, lief er durch die Wohnung wie ein wildes Tier. Dann hielt er es in keinem Raum, an keiner Stelle auch nur für ein paar Minuten lang aus. In diesen Momenten brauchte er Bewegung, die ihm vorgaukelte, vor etwas weglaufen zu können. Oder zu etwas hin. Aber es half alles nichts, sie war nicht mehr da. Und sie würde auch niemals wiederkommen.

Das war das Wort, das er einfach nicht wahrhaben wollte, dieses Niemals. Denn wenn sie nicht wiederkam, und er wusste ja, sie würde es nicht tun, dann hatte alles andere seinen Sinn verloren. Dann war nichts von dem, was er tat, noch irgendetwas wert. Und das war das nächste, was er nicht akzeptieren konnte.

Denn früher hatte alles Sinn gehabt, was er tat. Sinn deshalb, weil er es für sie getan hatte. Es hatte schon damit angefangen, dass sie unbedingt Abi machen wollte, um zu studieren. Damals hatte seine Frau noch gelebt und sie hatten sie beide darin bestärkt. Dann hatte sie Gartenbauarchitektur studieren wollen. Seine Frau hatte das nicht mehr erlebt, aber umso mehr hatte er sie darin unterstützt. Mein Gott, wohin waren sie nicht alles gefahren, einfach nur, weil sie sich dort einen Park ansehen wollte. Und er, er war immer dabei gewesen und hatte mit ihr gelernt. Ohne sie hätte er das niemals getan, da wäre für ihn jeder Park gleich gewesen, egal wie er gestaltet war. Nach Muskau und Branitz waren sie gefahren, um Parks von Fürst Pückler zu besichtigen, er am Steuer, sie auf dem Beifahrersitz. Während der Hinfahrt hatte sie ihm erklärt, auf was er bei der Besichtigung achten musste, während der Rückfahrt dann, was falsch war an dem Park oder was sie anders machen würde. Ja, in den Momenten hatte er sie vor sich gesehen: Parks, die sie gestalten und in denen er, auf einer Bank sitzend, stundenlang staunen würde, wie schön alles um ihn herum war. Und nun, nun würde es diese Parks …

Tränen schossen ihm in die Augen, wenn er daran dachte, und er fühlte sich in diesen Momenten so schwach, dass er glaubte, sich nicht einmal von dem Stuhl erheben zu können, auf dem er gerade saß. Das war aber nur das erste Gefühl. Im Anschluss daran spürte er, wie sich wieder Wut in ihm breit machte. Wut auf diejenigen, die schuld waren an dem Verlust, schuld an all der Sinnlosigkeit, die ihn jetzt umgab.

Und genau in dieser Stimmung war ihm die Idee gekommen, was er tun musste. Nein, das durfte nicht ungestraft bleiben. Die Zerstörung all dieser Hoffnungen, all dieser schönen Pläne, das durfte einfach nicht ohne Folgen bleiben. Und wenn es kein Gericht der Welt gab, das deswegen aktiv wurde, das eine Strafe aussprach, die wenigstens für etwas Gerechtigkeit sorgte, dann musste er das eben übernehmen. Dann musste er für die Strafe sorgen, die verdient war. Weiß Gott verdient. Und plötzlich hatte er geglaubt, ihre Stimme zu hören. „Tu es", hatte die Stimme gesagt, „es ist gut, was du vorhast."

In dem Moment hatte er gewusst, dass sein Plan richtig war, und er war ihn sofort angegangen. Er hatte sich alles besorgt, was er dazu brauchte, und er hatte vor allem diese Typen beobachtet. Hatte zuerst ausgekundschaftet, wer sie überhaupt waren, und danach, wo sie sich aufhielten und welche Gewohnheiten sie hatten. Beim ersten Mal hatte er trotzdem noch versagt, da hatte er es einfach nicht gekonnt, den Plan zu Ende zu führen, wegen dieser erbärmlichen Winselei, wegen seiner eigenen inneren Hemmung. Aber beim zweiten Mal war er darauf vorbereitet gewesen, da hatte er mit allem Möglichen gerechnet, was auf ihn zukommen könnte, und da war es plötzlich ganz leicht gewesen.

Aber sein Plan war noch nicht zu Ende ausgeführt, es gab noch etwas, was er tun musste. Noch zwei Aufgaben waren es, die auf ihn warteten. Und was dann mit ihm geschah, ob sie ihn entdeckten oder nicht, war ihm völlig egal. Wie es auch immer sein würde, dann würde er auf immer allein sein mit sich und seinen Gedanken.

15.

Völkel hatte ein wunderbares Wochenende verbracht. Zufrieden saß er montags morgens in seiner Dortmunder Wohnung vor seinem Frühstück. Anita war schon am Samstagmittag von ihrer Reise nach Werl zurückgekehrt, fast zeitgleich mit ihr war er an der Wohnung angekommen. Anita hatte Hunger gehabt, deshalb waren sie zuerst in ein kleines Restaurant am Markt gegangen, hatten eine Kleinigkeit gegessen und Anita hatte viel von ihrer Reise nach Speyer erzählt. Ihrer Freundin ginge es nicht gut, hatte sie berichtet. Sie hätte sich nach vielen Kämpfen nun endgültig von ihrem Mann getrennt, der neben seinem Beruf als Elektriker seine Zeit hauptsächlich mit dem Handballverein zubrachte. Er sei dort Vorsitzender und im Grunde mit dem Verein verheiratet. Sie jedenfalls hätte er komplett vernachlässigt. Nachdem vor ein paar Wochen ihr jüngster Sohn ausgezogen sei, hätte sie es nicht mehr in ihrer Ehe ausgehalten.

Es war ein Bericht, der Völkel nicht besonders interessiert hatte, schließlich kannte er die Frau ja nicht. Aber Anita war spürbar bewegt gewesen vom Schicksal ihrer Schulfreundin, deshalb hatte er ihr so aufmerksam zugehört, wie er konnte.

Viel mehr hatte ihn der anschließende Bericht über Speyer interessiert. Gleich zweimal sei sie in den riesigen Dom gegangen, den man schon von Weitem, wenn man sich Speyer näherte, sehen würde. Sie hatte geradezu geschwärmt von dem Dom, in dessen Krypta gleich mehrere Kaiser begraben lägen. Überhaupt, die gesamte Stadt mit ihren alten Häuserfassaden sei wunderbar.

Sie hatten sich vorgenommen, mal gemeinsam nach Speyer zu fahren, so weit entfernt sei es gar nicht, hatte Anita gemeint.

Danach hatte er ihr beim Füttern der Vögel geholfen, sie hatten miteinander geschlafen, waren am Abend ins Kino gegangen, irgendeine Klamotte mit Till Schweiger, und hatten anschließend auf einer Bank in Anitas Garten so lange Rotwein getrunken, bis es stockfinster war.

Am Sonntag waren sie, wie sie das gerne machten, zum Möhnesee gefahren und hatten bei herrlichem Wetter einen Spaziergang am Ufer entlang gemacht. Erst am späten Abend, nach dem Fußballspiel, als Anita ihm klargemacht hatte, dass sie jetzt schlafen wolle, und zwar allein, um frisch zu sein für ihre Arbeit, von der Vieles liegen geblieben wäre, war Völkel zurück nach Dortmund gefahren. Ja, das war ein Wochenende nach seinem Geschmack gewesen. Was ihn in den Tagen vorher bewegt hatte, war plötzlich ganz weit weg gewesen, außer dass er eine Mail von Wolter auf seinem Handy vorgefunden hatte. Kühne hätte eine leichte Rötung auf seinem Rücken gehabt, schrieb er, aber woher die stamme, ob von einem Elektroschocker oder weil er sich gestoßen habe, ließe sich nicht mehr feststellen.

In dem Moment, als er das gelesen hatte, hatte es ihn kaltgelassen, aber jetzt, wo er allein an seinem Frühstückstisch saß, tauchten die Figuren, die ihn in der letzten Woche in Atem gehalten hatten, nach und nach aus seinem Gedächtnis auf. Thomas Holbein, Werner Kühne und ja, diese … Er ging zum Kleiderständer und kramte aus der Innentasche seiner Jacke einen Zettel heraus. Richtig, Marga Schumann, deren Name war es gewesen, der ihn zum Schluss bewegt hatte. Was konnte sie mit dem Mord an Kühne und vielleicht auch mit der Entführung von Holbein zu tun haben? Was wusste sie darüber? Dieser Alki, dessen Namen er nicht einmal kannte, den er aber garantiert in irgendeiner Kneipe hinter dem alten Ostwallmuseum wiedertreffen würde, wenn es notwendig wäre, hatte ihm gesagt, dass er sie befragen sollte. Aber war das ernst zu nehmen oder hatte sich da jemand was im Suff zusammenfantasiert?

Eine Zeit lang war Völkel unschlüssig. Sollte er die Frau wirklich anrufen? Schließlich gab er sich einen Ruck. Es war kurz nach neun. Wenn überhaupt, dann war jetzt die beste Zeit, sie zu erreichen.

Tatsächlich meldete sie sich. Ja, sie wisse schon Bescheid, dass Werner tot sei, sagte sie. Wie sollte das auch anders sein, schließlich sei sie seit Jahren bei ihm beschäftigt. Völkel gab vor, dass er für die Polizei arbeite und ein paar Fragen an sie hätte. Sie war nicht an den Hintergründen seiner Arbeit bei der Polizei interessiert und forderte ihn gleich auf, in die Kneipe zu kommen.

„Da ist doch jetzt geschlossen", wandte Völkel ein.

„Aber ich mache gleich wieder auf", entgegnete Marga Schumann. „Ich tue das für die Frau von Werner. Die hat MS, wovon soll sie leben?"

Völkel leuchtete die Erklärung trotzdem nicht ein.

„Ist das nicht ein bisschen pietätlos? Ihr Mann ist gerade ermordet worden, wie kann die Frau da an Geld denken?"

„Ist es nicht", entgegnete Marga Schumann. „Der Werner hat sie doch nach Strich und Faden betrogen, vor allem seit sie krank ist. Sie muss jetzt an sich selbst denken, es hilft ihr sonst keiner."

Völkel widersprach nicht, es konnte ihm egal sein, wie die beiden Frauen das sahen. Im Gegenteil, wenn Marga Schumann wirklich was auszusagen hatte, war die Kneipe womöglich der beste Ort dafür.

Um kurz nach zwölf war er dort, das Plakat an der Kneipentür war verschwunden. Als Völkel die Klinke heruntergedrückt, ging die Tür auf. Rechts von der Eingangstür, entlang der Fenster, standen ein paar Tische, links stieß er auf eine lange Theke, die sich durch den gesamten Raum zog. Jede Menge Hocker standen davor, es war klar, wo sich das Hauptgeschehen abspielte. Es war so wie in fast allen Dortmunder Kneipen.

Jetzt, kurz nach elf, war noch niemand in der Kneipe. Wahrscheinlich musste sich erst rumsprechen, dass wieder geöffnet war. Auch hinter der Theke entdeckte er niemanden.

„Hallo", rief Völkel, „ist hier jemand?"

„Moment!" Nach ein paar Sekunden kam eine Frau aus einem Raum hinter der Theke, bat Völkel, auf einem der Hocker Platz zu nehmen, und setzte sich ihm gegenüber.

„Sie sind doch der Mann, der mich vorhin angerufen hat, oder?"

Völkel schätzte die Frau auf knapp fünfzig Jahre, die Lippen waren grellrot geschminkt, die Falten um den Mund herum nicht zu übersehen. Sie trug eine schwarze Bluse, dazu einen kurzen, schwarzen Rock, ihre Beine waren lang und schlank. Überhaupt wirkte ihr Körper deutlich jünger als ihr Gesicht, dessen Falten auch unter der Schminke erkennbar waren. Trotzdem, die Frau machte Eindruck auf ihn, er musste sich zwingen, nicht allzu offensichtlich auf ihre Beine zu schielen.

„Ja, ich war das. Schön, dass wir uns gleich treffen konnten."

Jetzt konnte er es nicht länger unterdrücken, sein Blick glitt hinunter zu ihren Beinen. Marga Schumann bemerkte es, ein leichtes Lächeln huschte über ihr Gesicht. Es schien Völkel, als läge kein Spott darin, offensichtlich fasste sie es als Kompliment auf.

„Ich würde gerne etwas über Werner Kühne und seine Kneipe hier erfahren. Wären Sie bereit, mir ein paar Fragen zu beantworten?"

„Aber natürlich. Wenn Sie von der Polizei sind, warum nicht?"

Jetzt lag doch Spott in ihrem Lächeln, Völkel war irritiert. Verdammt, wie genau durchschaute ihn diese Frau? Wusste sie, dass er seine Beziehung zur Polizei nicht ganz richtig dargestellt hatte? Aber warum war sie dann trotzdem bereit, Auskünfte zu geben? Egal, dachte Völkel, es war besser, wenn er nicht nachfragte. Wirklich traurig über Kühnes Tod schien sie nicht zu sein, fiel ihm auf, tiefere Sympathie hatte sie wohl nicht für ihn gehabt. Vielleicht war es das, was sie so offen sein ließ. Die Frau wollte eine Rechnung begleichen, vielleicht, weil sie sich jetzt, wo er tot war, mit Kühnes Ehefrau solidarisierte. Gut, dachte Völkel, ihm konnte es recht sein.

„Ich wüsste gerne etwas über Werner Kühne. Was war er für ein Mann? Und was ist das hier für eine Kneipe?"

„Was das für eine Kneipe ist? Weitgehend normal, würde ich sagen. Es gibt hier Bier und Schnaps und wenn Sie was essen wollen, gibt's auch ein paar Gerichte."

„Und sonst nichts? Sie haben ‚weitgehend' gesagt. Was ist denn mit dem Rest, der nicht darunterfällt?"

„Naja, es gibt hier manchmal Sausen. Dafür war Werner in einem kleinen, exklusiven Kreis bekannt."

„Sausen? Was soll das heißen?"

„Na, Sausen eben. Gesoffen ohne Ende und dazu ..."

Völkel dämmerte es.

„Hier im Schankraum?"

„Doch nicht hier, wo denken Sie hin? Dahinten im Clubraum. Den darf nämlich nicht jeder betreten, nur ausgewählte Gäste."

„Und da wird dann ..."

Völkel brach den Satz ab, Marga Schumann lächelte.

„Sie dürfen es ruhig aussprechen, wir sind hier unter uns. Ja, da wird dann ..."

Sie schlug ihre Beine übereinander, der Minirock rutschte höher. An ihrem Schmunzeln konnte er sehen, dass sie den Satz absichtlich nicht zu Ende gesprochen hatte. Jetzt war es Völkel, der lächelte.

„Und Sie ...?"

„Ja, ich habe da auch mitgemacht, wenn Sie das meinen. Das war eine lukrative Sache und ich bin niemandem Rechenschaft schuldig."

„Bier und Bumsen."

Völkel schaffte es endlich, die Sache auf eine Formel zu bringen, Marga Schumann hatte ihn schließlich lange genug dazu animiert. Er empfand ihre Offenheit als angenehm. Andere Frauen hätten vielleicht versucht, die Sache schönzureden oder ganz zu verschweigen, sie aber tat das nicht. Ob in dieser Offenheit eine versteckte Ablehnung von Kühne steckte? Möglich wäre es, so vehement, wie sie im Telefongespräch Partei für Kühnes Frau ergriffen hatte. Aber das spielte alles keine Rolle. Wichtig war nur, ob diese Geschichte was mit dem Mord an Kühne oder der Entführung von Holbein zu tun hatte.

„Wer hat denn an diesen Sausen teilgenommen, darf ich Sie das fragen?"

Einen Moment lang überlegte sie, bevor sie nickte.

„Meinen Sie vom Personal? Das kann ich Ihnen sagen."

Völkel hatte eigentlich etwas über die männlichen Teilnehmer wissen wollen, aber gut, wenn sie damit anfangen wollte ...

„Wissen Sie, der Werner hatte so eine Art, einen dazu zu drängen. Gut, das Geld hat auch gelockt, das stimmt. Aber wer weiß, ob ich mitgemacht hätte, wenn mich jemand anderer als er gefragt hätte."

Jetzt wurde sie doch noch prüde, Völkel war fast ein bisschen enttäuscht. Aber vielleicht wollte sie auch nur vorbeugen. Vorbeugen vor dem, was jetzt kam oder was Völkel im Anschluss daran rausfinden würde. Er drängte sie nicht, sondern wartete, bis sie von sich aus fortfuhr.

„An zwei Frauen, die mitgemacht haben, kann ich mich gut erinnern. Am besten an Dörthe Kohler, mit der habe ich immer noch regelmäßig Kontakt. Wir telefonieren alle paar Tage miteinander. Dörthe geht es finanziell schlecht, die ist mal auf einen Typen reingefallen, der sie brutal ausgenommen hat. Auf den Schulden, die dieser Verbrecher ihr hinterlassen hat, sitzt sie noch heute. Bei Dörthe hatte Kühne leichtes Spiel, die musste er nicht lange überzeugen."

Sie schwieg einen Moment lang, die Not dieser Dörthe schien sie wirklich zu bewegen. Völkel nutzte die Pause, um schnell Zettel und Stift aus der Hosentasche zu ziehen und den Namen zu notieren.

„Dann war da noch Gabi Storm, mit der bin ich aber nicht so gut klargekommen", fuhr Frau Schumann fort. „Die kam mir immer so vor, als würde sie das ungern machen. Die Kerle in ihrem Suff haben das natürlich nicht bemerkt."

„Drei Frauen also?", fragte Völkel.

„Nee, da war ein paarmal noch ein Mädchen dabei, so ein junges Ding. Aber das nur zwei-, höchstens dreimal. Anja hieß die. Die passte gar nicht dazu, weil sie so unschuldig wirkte. Das haben die Kerle natürlich sofort gespürt und waren besonders scharf auf sie. Wahrscheinlich war sie dabei, weil Werner das als was Besonderes wollte. Eigentlich hatte er die nur als Bedienung eingestellt, sie sollte ausschließlich hinter der Theke arbeiten, aber Werner wollte Abwechslung. Frischfleisch, wenn Sie so wollen. Wie die weiter hieß, weiß ich nicht."

Bis jetzt hatte sich Völkel nicht besonders an der Geschichte gestört. Das waren halt die üblichen Schweinereien, nicht besonders appetitlich, aber man kannte das ja. Aber jetzt empfand er die Sache als eklig. Besoffene Kerle, die sich nicht nur an bereitwilligen Frauen, sondern auch an jungen Mädchen vergriffen, das hatte eine andere Qualität. Aber gut, sie hatte es so gewollt. Man musste ja nicht bei so was mitmachen.

„Vier Frauen also", sagte Völkel.

„Ja, aber wenn eine Sause lief, waren wir immer nur zu zweit oder zu dritt." Sie kicherte. „Alles andere hätte die Kerle ja auch überfordert."

Das war jetzt eine Formulierung, über die Völkel nicht schmunzeln konnte, dazu war die Sache dann doch zu schmutzig. Aber gut, wer das mit Männern erlebt hatte, was Marga Schumann erlebt hatte, hatte halt ein Bedürfnis, sich zu rächen.

„Und die Männer?", fragte er und spürte deutlich eine innere Anspannung. „Welche Männer waren denn dabei?"

„Na, Werner selber natürlich. Und dann war da noch so ein Redakteur und …"

Völkel merkte selber, wie er leicht zusammenzuckte.

„Hieß der Holbein?"

„Weiß ich nicht. Wir haben uns da immer nur mit Vornamen angeredet."

„Thomas?"

Lass sie jetzt zustimmen, dachte er. Lass mich nach all der Sucherei endlich eine Spur finden, mit der ich was anfangen kann.

„Ja, so hieß der. Thomas."

Gott sei Dank, endlich! Völkel atmete tief durch. Da war hier in der Bar eine Sache gelaufen, die nicht ganz koscher gewesen war. Eine Sache, die so sehr danebengegangen war, dass sie Werner Kühne vielleicht das Leben gekostet hatte. Und wenn Kühne dafür mit seinem Leben bezahlt hatte, konnte es auch sein, dass sie Grund für Holbeins Entführung gewesen war. Aber warum das alles? Solche Schweinereien liefen tausendfach in irgendwelchen Hinterzimmern, ohne dass es dabei zu Mord und Totschlag kam. Was war da noch passiert? Oder war auch dies eine Spur, die sich im Sand verlor?

„War es das, was Sie wissen wollten?", fragte Marga Schumann. „Etwas über diesen Thomas?"

Völkel nickte.

„Es hat mir jedenfalls geholfen, was Sie gesagt haben", antwortete er. „Wer war denn noch dabei?"

Es war wichtig, das zu erfahren, denn vielleicht ergab sich aus den anderen Teilnehmern ein Motiv, warum ausgerechnet diese Sache aus dem Ruder gelaufen war.

„Da gab es noch einen Hans Starke", sagte sie, „der hat mir seinen vollständigen Namen selber verraten, weil er was mit mir anfangen wollte. Als Abwechslung neben seiner Ehe, meinte er. Der hat mir eine Adresse regelrecht aufgezwungen, die von seiner Werbeagentur in der Kaiserstraße, ganz in der Nähe der Ricarda-Huch-Realschule. Da wären wir wunderbar ungestört, hat er gesagt."

Völkel achtete genau auf ihren Tonfall. Es lag keine Schroffheit oder gar Empörung darin, also schloss sie nicht aus, dass da was laufen könnte. Vermutlich alles eine Frage des Preises.

„Außerdem gab es da noch den Giesbert. Der musste mir seinen Namen nicht nennen, weil den sowieso jeder kennt. Giesbert Bär, der Lokalpolitiker. Der kommende Mann in seiner Partei."

Völkel kannte ihn nicht. Vielleicht stammte er ja aus einer der kleinen Parteien, denen er wenig Beachtung schenkte.

„Die vier waren vor allem dabei. Dazu manchmal auch ein paar andere, die Werner eingeladen hatte. Aber an deren Namen und Gesichter kann ich mich beim besten Willen nicht erinnern."

Völkel nickte. Das war schon viel. Viel mehr sogar, als er erhofft hatte. Stellte sich bloß die Frage, was damit anzufangen war.

„Können Sie sich vorstellen, dass dabei etwas passiert ist, das Anlass für einen Mord gegeben hätte?", fragte er.

„Für den Mord an Werner?" Sie sah ihn erstaunt an. „Nein, was sollte das gewesen sein? Alles lief doch freiwillig ab und jeder hatte was davon. Die Kerle ihr Vergnügen und wir die Kohle."

Völkel nickte, ja, das klang logisch. Und doch konnte es nicht die ganze Wahrheit sein, dann nämlich nicht, wenn zwischen Holbeins Entführung und dem Mord an Kühne ein Zusammenhang bestand. In dem Fall musste es doch irgendwo verborgen ein Motiv für die beiden Verbrechen geben. Aber Marga Schumann hatte nicht die Spur eines Verdachts und Völkel merkte, dass er noch viel zu wenige Informationen hatte.

Also blieb ihm nichts anderes übrig, als die Ergebnisse zu sichern und sich die notierten Namen bestätigen zu lassen. Zuerst die der Frauen, weil er hoffte, über diese Spur am ehesten weiterzukommen, von Dörthe Kohler dazu die Telefonnummer. An sie ranzukommen würde also einfach sein. Danach die Namen der Männer. Schließlich erhob er sich von seinem Hocker.

„Dürfte ich mir das Hinterzimmer mal ansehen?", fragte er.

Marga Schumann lachte.

„Klar. Wollen Sie bei der nächsten Sause mitmachen?"

„Glauben Sie denn, dass es ein nächstes Mal geben wird?"

Das Lächeln verschwand aus ihrem Gesicht, für einen Moment wurde sie ernst.

„Glaube ich eher nicht", antwortete sie dann.

Im nächsten Moment hatte sie wieder ihr Lächeln auf den Lippen. Nein, wirklich zu bedauern schien sie das nicht.

Es war ein ganz einfacher Raum, in den sie ihn führte und in dem Völkel als erstes auffiel, dass es muffig roch. Die Fenster waren mit schwarzen Rollos verhangen. Rechts vom Eingang stand vor der Wand ein großes, breites Ledersofa, dessen Bezug abgeschabt war. Im Raum verteilt standen zwei wuchtige Sessel, die farblich nicht zum Sofa passten. Während das Sofa dunkelbraun war, hatten die beiden Sessel einen schwarzen Bezug. Links vom Eingang gab es eine kleine Theke mit ein paar Hockern davor. So groß wie in einem normalen Partykeller. Die Lichter an den Wänden leuchteten rot, gelb oder blau.

Völkel staunte. Das war alles? Das war der Ort, den Holbein als eine Art Szenekneipe bezeichnet hatte? Er konnte sich gar nicht vorstellen, wie man in diesem sterilen Raum lustvoll mit Frauen zusammen sein konnte. Vielleicht musste man dazu wirklich erst besoffen sein. Der flüchtige Blick hatte ihm gereicht. Nein, länger wollte er nicht in dieser muffigen Kaschemme bleiben.

Er bedankte sich bei Frau Schumann.

„Vielleicht kommen Sie ja noch mal vorbei", sagte sie, als er ihr die Hand reichte, „einfach so auf ein Bier."

Er schaute noch mal hinunter zu ihren schlanken Beinen.

„Wenn ich noch ein paar Fragen habe, gerne."

16.

Als er die Kneipe verließ, war es kurz nach eins. Er ging hinüber zum Park hinter dem Ostwallmuseum, setzte sich dort auf eine Bank und rief sofort Dörthe Kohler an. Ja, sie war zu Hause. Er sei im Auftrag der Polizei unterwegs und hätte ihre Telefonnummer von Marga Schumann, sagte er ihr. Es gehe um die Feiern, die in der Bar von Werner Kühne stattgefunden hätten, dazu hätte er noch ein paar Fragen. Er gebrauchte bewusst den Ausdruck „Feiern", um dem Ganzen einen harmlosen Anstrich zu geben.

Wenn er ihre Telefonnummer von Marga hätte, wäre alles in Ordnung, antwortete sie. Dann solle er vorbeikommen, eine knappe Stunde hätte sie gerade Zeit. Sie nannte ihm ihre Adresse, es war ein Wohnkomplex an der Bornstraße, „Hannibal" hieß er. Er solle aber den

Hintereingang benutzen, fügte sie noch hinzu, dort wäre ein Klingelschild mit ihrem Namen.

Völkel war selbst erstaunt, wie gut heute alles zusammenpasste. Lag das noch an seinem glücklich verbrachten Wochenende? Meinte es das Schicksal so gut mit ihm, dass es seine Glücksgefühle verlängern wollte? Völkel schmunzelte. Egal, er musste es nehmen, wie es kam. Es würden auch wieder andere Tagen kommen und dann würde es wichtig sein, sich an die zu erinnern, die gut verlaufen waren.

Kurze Zeit später stand er vor dem Wohnblock an der Bornstraße, den er von vielen Vorbeifahrten kannte. Es war ein Wohnblock mit großen Balkons, dessen Stockwerke stufenförmig nach hinten gebaut waren. Als er in den siebziger Jahren des letzten Jahrhunderts gebaut worden war, hatte er zu den gehobeneren Wohnquartieren im Dortmunder Norden gehört. Jetzt gehörte er zu den Problemhäusern. Man sah es an den verlotterten Gardinen hinter den Fenstern und dem Müll, der auf den Balkonen stand. Dörthe Kohler, hatte Marga Schumann gesagt, hatte Probleme mit den Finanzen. Wenn sie hier wohnte, hatte sie die bestimmt.

Es gab zwei große Eingänge zur Straßenseite hin, aber Dörthe Kohler hatte ihm ausdrücklich gesagt, dass er zum Hintereingang gehen müsse. Komisch, dachte er. Fast wirkte es so, als wollte sie etwas versteckt wohnen. Tatsächlich kam er über die Jägerstraße, an der gegenüber die Verwaltung der evangelischen Kirche lag, dorthin. Sie wohnte im ersten Stock, er musste nur zwei Treppen hinauflaufen, um zu ihrer Wohnung zu gelangen, wo sie in einem hellroten Bademantel an der Tür auf ihn wartete. Völkel war irritiert und zögerte einen Augenblick lang, einzutreten. Dörthe Kohler bemerkte es.

„Nun kommen Sie schon rein, ich beiße nicht."

Sie war etwa gleichaltrig mit Marga Schumann, hatte dunkelbraune Augen und pechschwarze Haare, die vermutlich gefärbt waren. Er folgte ihr in einen dunklen Flur, von dem aus sie in ein Wohnzimmer kamen. Ein Fernseher mit großem Bildschirm stand links in einer Ecke, den breitesten Raum nahm eine billige Sitzecke ein, Schaumgummi mit hellgrauem Stoff bespannt. Dörthe Kohler bat ihn, auf einem der beiden Sessel Platz zu nehmen. Als er sich setzte, bemerkte er auf der anderen Seite des Flurs ein Zimmer, in dem ein großes Bett mit rosa Decke darauf stand. Das Zimmer war in rötlich schummriges Licht getaucht. Mein Gott, in was für einen Frauenkreis war er denn jetzt geraten?

Frau Kohler setzte sich ihm gegenüber. Als sie die Beine übereinanderschlug, sah er für einen Augenblick ihren weinroten Slip. Vermutlich hatte er einen Moment zu lange dorthin gestarrt, denn sie bemerkte es.

„Ja, es stimmt, was Sie denken. Wenn sie mit Marga über die Nächte in Werners Bar gesprochen haben, wissen Sie ja, was da gelaufen ist. Da habe ich gemerkt, wie viel Geld man damit verdienen kann, mehr als mit dem Kellnern. Und darauf bin ich angewiesen."

Schon Marga Schumann hatte keine Sekunde lang versucht, ihm etwas darüber vorzumachen, womit sie ihr Geld verdiente. Jedenfalls einen Teil davon. War das auch purer Zufall, dass er an zwei besonders offenherzige Frauen geraten war? Oder drückte sich darin eine neue Vorstellung von Moral aus? Alles nach dem Motto: Wenn ich mit meinem Körper Geld verdienen kann, warum soll ich es nicht tun? Er bemühte sich, die Frauen nicht vorschnell zu verurteilen. Immer mehr Menschen wussten nicht, womit sie genug zum Leben verdienen sollten, immer mehr waren zu Handlungen gezwungen, von denen sie vor ein paar Jahren nicht gedacht hätten, dass sie das tun würden.

„Sie wissen sicherlich, was mit Werner Kühne passiert ist?", sagte er.

Sie nickte.

„Ja, er ist erschossen worden. Marga hat es mir erzählt."

Er schaute sie genau an. Nein, besonders viel Mitleid schien auch sie nicht mit ihm zu haben. Völkel berichtete ihr nun, was Marga Schumann ihm über das Treiben im Hinterzimmer von Kühnes Kneipe erzählt hatte. Er würde gern mehr darüber wissen, vielleicht gebe es da eine Spur oder sogar ein Motiv. Sie nickte.

„Wissen Sie, das waren keine fest verabredeten Abende gewesen", sagte sie. „Das hat sich immer so ergeben. Die richtigen Leute waren gekommen, sie haben schwer gesoffen an der Theke und dann hat irgendwer den Vorschlag gemacht, dass man mal wieder richtig einen draufmachen könnte. Im Rückblick denke ich, dass es meistens Werner vorgeschlagen hat, weil er selber Lust darauf hatte und außerdem die Kohle verdienen wollte. Denn er forderte immer so etwas wie ein Eintrittsgeld von den Leuten, die mitmachten. Werner nannte das eine Unkostenpauschale, von der auch wir Frauen bezahlt wurden."

Sie lachte.

„Klingt gut für eine Altherrenorgie, oder?"

Völkel konnte ein Schmunzeln nicht unterdrücken. Doch, wenn man es so sah, klang es lächerlich. Aber Vorsicht, rief er sich zur Ordnung, lächerlich allein kann es bei einem Mord und einer Entführung nicht gewesen sein. Er kramte seinen Zettel aus der Tasche und las Dörthe Kohler die Namen der Teilnehmer vor, zuerst die der Frauen, einschließlich der Anja, deren Nachnamen er nicht wusste.

„Ja, wir vier Frauen waren es hauptsächlich, die dabei waren", antwortete Dörthe Kohler. An den Nachnamen dieser Anja konnte auch sie sich nicht erinnern. Die sei sehr jung und nur kurz dabei gewesen. Von der dritten, der Gabi Storm, hatte sie immerhin eine Handynummer, allerdings wisse sie nicht, ob die noch stimme. Sie hätten schon seit ein paar Wochen nicht mehr miteinander telefoniert. Irgendwann sei die einfach abgetaucht, hauptsächlich deshalb hätte Kühne diese Anja eingespannt. Völkel notierte sich die Nummer.

„Um genug Frauen zu haben", erklärte sie, „musste er ja immer die eine oder andere von uns anrufen, damit sie sofort rüberkam. Er hatte ja meistens nur eine Kellnerin hinter der Theke und eine allein wäre diesen Herren natürlich zu wenig gewesen. Dann musste eine von uns den Dienst an der Theke übernehmen und die beiden anderen mit ins Hinterzimmer."

Sie schwieg einen Moment lang.

„Wissen Sie, Sie müssen sich das gar nicht so schlimm vorstellen" sagte sie dann. „Die Kerle waren doch meistens so besoffen, dass sie schon Schwierigkeiten hatten, selber gerade zu stehen, geschweige denn ihr gutes Stück."

Jetzt machte sie sich doch noch etwas vor, dachte Völkel und war fast ein wenig enttäuscht von ihr. Irgendwas musste gelaufen sein, das alles andere als harmlos gewesen war, und es hatte mit den Männern zu tun. Zwei von ihnen waren Opfer geworden, das war die Spur, die er verfolgen musste.

Er las ihr die Namen der Männer vor, die Marga Schumann ihm genannt hatte, sie nickte dazu.

„Ja, das war der harte Kern."

„Und dieser Thomas, der Journalist, gehörte dazu", hakte Völkel noch einmal nach, obwohl er seinen Namen schon erwähnt hatte.

„Auf jeden Fall."

Am liebsten hätte er ihr jetzt noch ein Foto von Holbein gezeigt, um völlig sicherzugehen, aber er hatte keines. Trotzdem, die Sache schien ihm auch so klar zu sein. Holbein hatte gelogen. Er hatte ihm nichts von diesen Schweinereien erzählt, die sie da in Kühnes Kneipe betrieben hatten. Vielleicht, weil er sich geschämt hatte, vielleicht aus Sorge, dass es über Völkel auch Inga Kerber mitbekommen würde. Möglich, dachte Völkel, ja, das wäre eine Erklärung. Vielleicht war es aber auch ganz anders. Vielleicht hatte er nur deshalb nichts verraten, weil er etwas verbergen wollte. Etwas, über das er nicht weiter nachgedacht hatte, als er Völkel um Hilfe gebeten hatte. Wer weiß, womöglich hätte er es sonst unterlassen.

„Haben Sie eine Vermutung, weshalb Kühne ermordet worden ist?", fragte er und ahnte schon die Antwort.

„Nein, habe ich nicht. Von denen, die bei den Feiern dabei waren, kann es keiner gewesen sein. Warum auch?"

„Hatte ja jeder seinen Vorteil davon", wiederholte Völkel, was er schon gehört hatte, „die Männer und die Frauen."

Einen Moment lang sah sie ihn misstrauisch an. Hatte sie die Ironie bemerkt? Gott sei Dank lächelte sie ein paar Sekunden später wieder.

„Stimmt, was Sie da sagen. Wenn alle ihren Vorteil haben, kann doch keiner sauer sein. Und schon gar nicht so wütend werden, dass er einen anderen umbringen will. Das wäre doch völlig schwachsinnig."

Dagegen konnte Völkel nichts sagen. Er merkte, dass er keinen Schritt weitergekommen war, außer dass Dörthe Kohler bestätigt hatte, was er von Marga Schumann wusste.

„Soll ich Ihnen einen Tee kochen?", fragte sie ihn. „Etwa zwanzig Minuten habe ich noch Zeit, dann muss ich Sie leider bitten, mich zu verlassen."

Sie nickte in Richtung des Zimmers mit dem großen Bett. Völkel verstand.

Ja, Tee wäre jetzt gut, dachte er. Er brauchte einen Moment Zeit, um seine Gedanken zu sortieren, und dies, spürte er, war ein guter Ort dafür.

„Wenn es Ihnen nichts ausmacht, nehme ich das Angebot gerne an. Ich verspreche auch, schnell zu trinken, um pünktlich gehen zu können."

Sie schmunzelte.

„Wissen Sie, es geht dabei gar nicht um Sie. Aber die meisten Kunden sind irritiert, wenn sie bei der Ankunft noch auf einen Mann treffen, der mich gerade verlässt. Das sieht aus wie … wie …"

„… wie Fließbandarbeit", half Völkel, „und wer will das schon."

Ihr Lachen war noch zu hören, als sie schon längst in der Küche war, um den Tee zu bereiten.

Holbein hatte also gelogen, überlegte Völkel und starrte hinüber zu dem Fenster, hinter dem sich der Balkon befand. Erst jetzt fiel ihm auf, wie laut der Verkehrslärm von der Bornstraße war. Holbein hatte Kühne erheblich besser gekannt, als er es zugegeben hatte. Jemand hatte gegen die beiden etwas unternommen, die Fesselung an Armen und Beinen war eine auffällige Parallele. Dagegen sprach jedoch das unterschiedliche Ende. Holbein lebte, während Kühne erschossen worden war. Allerdings, fiel ihm plötzlich ein, hatte Holbein erzählt, dass er ein Klicken gehört hatte, während er gefesselt in dem stockfinsteren Raum gelegen hatte. Ein Klicken wie von einer Pistole. Hatte der Täter vorgehabt, auch ihn zu erschießen? Aber warum hatte er es dann nicht getan?

Er schüttelte unmerklich den Kopf. Nein, so richtig passte die Sache immer noch nicht zusammen.

Aus der Küche drang das Klappern von Tassen zu ihm herüber.

Egal, nahm er sich vor, er musste diese Spur einfach weiterverfolgen, offen gebliebene Fragen würden sich dabei klären. Gegen zwei von den vier Männern, die hauptsächlich an den Orgien teilgenommen hatten, waren Anschläge verübt worden, fiel ihm auf. Und wenn es da einen Zusammenhang gab, den er jetzt einfach voraussetzte, dann hieße das …

Um Gottes willen! Schweiß trat ihm auf die Stirn. Das musste er unbedingt Wolter sagen, so schnell wie möglich musste er ihn darüber informieren. Mit den bisherigen Anschlägen war die Sache noch gar nicht ausgestanden, nein, sie lief womöglich weiter, weil irgendwas bei diesen spätpubertären Feten völlig aus dem Ruder gelaufen war. Und wenn das stimmte, waren die beiden anderen aus der Kerntruppe in Gefahr. In höchster Gefahr sogar!

Unruhig rutschte er auf dem Sessel hin und her. Sollte er sofort aufspringen und auf den Tee verzichten? Vielleicht war der Täter schon längst dabei, sich das nächste Opfer zu packen. Ruhig bleiben, dachte er dann, das sind bis jetzt alles nur Vermutungen.

In diesem Moment kam Dörthe Kohler mit einem Tablett in den Händen zurück, auf dem zwei Tassen standen. Vorsichtig beugte sie sich vor und setzte es auf dem flachen Tisch vor Völkel ab. Dabei wurden ihr weinroter BH und ihr ansehnlicher Busen sichtbar. Doch, Völkel konnte sich vorstellen, dass diese Frau beliebt war bei Männern und dass mancher, der einmal bei ihr gewesen war, gerne wiederkommen wollte. Genau wie das bei Kühnes Orgien gewesen sein musste.

Und plötzlich, plötzlich konnte er sich vorstellen, wie die Sache bei Kühne abgelaufen war. Das Bild, wie die Kerle an der Theke standen und soffen, stand ihm so klar vor Augen, als wäre er selber dabei gewesen:

„Sollen wir nicht noch einen draufmachen?" Irgendwer von den Männern hatte das gerufen, vermutlich Kühne. Dann waren plötzlich die Frauen da gewesen, schon in aufreizender Kleidung, einer der Kerle hatte seinen Arm um die Hüfte einer Frau gelegt und dann ging es rüber in den Nebenraum. Hatte Kühne den „Unkostenbeitrag" eigentlich sofort kassiert, also seinen eigenen Anteil und den der Frauen? Oder lief das immer erst zum Schluss, als Gesamtabrechnung mit den Getränken? Vermutlich war sofort im Nebenraum kassiert worden, überlegte Völkel, an der Theke wäre das zu auffällig gewesen, es waren ja noch andere Gäste anwesend gewesen. Und danach? Wer weiß, ob die Kerle nach so einer Sause noch in der Lage gewesen waren, irgendetwas zu tun, außer sich mit dem Taxi nach Hause bringen zu lassen. Hatte Kühne selber eigentlich seinen Anteil für die Frauen auch bezahlt? Schließlich hatte er doch kräftig mitgemischt. Nee, das konnte sich Völkel nicht vorstellen. So ein Schmierkopf wie der nahm mit, was er mitnehmen konnte, ohne dafür bezahlen zu müssen. Machte das eigentlich Spaß, an Frauen rum zu grapschen, während andere dabei zusahen? Die Bilder, die er jetzt vor sich sah, stießen ihn ab. Sich auch noch zu freuen, bei so etwas mitmachen zu dürfen, nein, das konnte sich Völkel nicht vorstellen.

Je näher ihm die Bilder kamen, desto unwahrscheinlicher schien es ihm, dass es da einen Grund für Verfolgung oder Rache geben sollte. Wenn, dann müssten es doch die Frauen sein, die sich rächen wollten, aber die beiden, die er bisher befragt hatte, hatten keine solchen Gefühle. Die eine, die ihm gerade den Tee reichte, hatte aus dieser Sache sogar ihren Beruf gemacht. Und die beiden anderen? Die musste er noch befragen, nahm er sich vor, aber von der einen hatte er ja nicht mal den Nachnamen. Wenn ihn jemand wusste, dann war das Kühne. Aber der konnte ihn ja nicht mehr nennen.

„Was ist los?" Dörthe Kohler sah ihn fragend an. „Sie sind so nachdenklich geworden. Ist was passiert?"

„Oh nein, es ist nichts."

Schnell trank er einen Schluck von dem Tee.

„Oh, der ist aber gut! Sehr würzig."

„Der Grüne aus China, den mag ich am liebsten."

Sie lächelte ihn an. Dass er es nicht unterlassen konnte, auf ihren Busen zu schielen, hatte sie längst bemerkt.

„Jetzt sind Sie mir aber auch eine Antwort schuldig", sagte sie. „Ich habe bereitwillig alle Ihre Fragen beantwortet, jetzt würde ich gerne wissen, ob Sie schon einen Täter oder einen Verdacht haben."

„Nein, habe ich nicht, tut mir leid. Ich glaube, Ihnen gegenüber würde ich sogar zugeben, wenn ich einen Verdacht hätte, obwohl man das während der Ermittlungen nicht tun sollte. Aber eines kann ich Ihnen sagen: Da spielen im Hintergrund noch andere Dinge eine Rolle, es geht nicht allein um den Mord an Kühne. Haben Sie einen Verdacht, wer da einen Grund haben könnte, richtig brutal zuzuschlagen?"

Sie schüttelte den Kopf.

„Nein, habe ich nicht. Die Kerle hatten Spaß und wir Frauen haben profitiert. Ich sogar besonders, weil ich blöderweise auf einen kriminellen Typen reingefallen bin und auf diese Weise wieder zu Geld kam, das mir der Kerl geklaut hat. Sie sehen ja, dass mich das bis heute verfolgt. Ich kann mir nicht vorstellen, dass Werners Ermordung was mit diesen Feiern zu tun hat. Vielleicht gibt es dafür ganz andere Gründe."

Möglich, dachte Völkel.

„Haben Sie denn einen konkreten Verdacht?"

„Nein, habe ich nicht. Schutzgelderpressung oder so, was weiß ich."

„Hat Kühne darüber mal was erzählt?"

„Nie. Ich glaube auch nicht, dass Werner sich hätte erpressen lassen, dafür war er einfach nicht Typ. Der hätte solchen Erpressern niemals nachgegeben, und wenn die ihm die ganze Bude in die Luft gejagt hätten."

Sie lächelte. Völkel kam es so vor, als gelte das Lächeln nicht ihm, sondern als übe sie schon für den nächsten Gast. Aber das war natürlich Unsinn, die Frau hatte längst Routine in ihrem Geschäft.

Er trank seinen Tee aus, es wurde Zeit, dass er ging. Sehr viel weiter hatte ihn das Gespräch nicht gebracht, das meiste, was sie erzählt hatte, wusste er schon von Marga Schumann.

Er stand auf, gab ihr die Hand und dankte. Ausdrücklich auch für den Tee, der wirklich gut gewesen war.

„Oh, nichts zu danken."

Einen Moment lang standen sie sich schmunzelnd gegenüber, weil keinem ein passendes Schlusswort einfiel. Sag jetzt nicht, dass ich ruhig noch mal wiederkommen soll, einfach so, dachte Völkel. Aber nein, das tat sie nicht. Sie ging schließlich ihm voraus zur Apartmenttür, dort gab sie ihm noch einmal die Hand.

„Alles Gute für Sie."

„Für Sie auch."

Als er den schmalen Weg hinter dem Haus hinüber zur Jägerstraße lief, kam ihm ein Mann entgegen. Völkel hatte sofort das Gefühl, dass es dem Mann unangenehm war, hier auf jemanden zu treffen, denn er stutzte einen Augenblick lang. Er war etwas korpulent, hatte eine Halbglatze und war klein. Völkel schätzte ihn auf höchstens einssiebzig. Als er an ihm vorbeiging, senkte der Mann seinen Blick und drehte den Kopf zur Hauswand. Trotzdem konnte Völkel für einen Moment sein Gesicht sehen. Es war sehr faltig, obwohl ihm der Mann nicht viel älter als 60 Jahre zu sein schien. Klar, wohin er wollte. Völkel musste schmunzeln, als sie aneinander vorbeigingen.

Tu nicht so, ich weiß genau, was du vorhast, dachte er. Als der Mann an der Haustür angekommen sein musste, drehte sich Völkel kurz um. Ja, er drückte den unteren Klingelknopf, den von Dörthe Kohler. Der Mann bemerkte, dass Völkel sich zu ihm umgedreht hatte. Plötzlich wurde auch ihm selber die Begegnung peinlich. Was Völkel von dem Mann dachte, musste der umgekehrt von ihm denken, fiel ihm plötzlich auf. Unangenehm war das. Warum war er nicht ein paar Minuten früher gegangen? Dann hätte er sich diese Begegnung ersparen können. Er beschleunigte seine Schritte, als würde das jetzt noch etwas nützen.

Seinen Wagen hatte er an der gegenüberliegenden Straßenseite geparkt. Als er wieder hinter dem Steuer saß, überlegte er kurz. Sollte er die dritte Frau, diese Gabi Storm, überhaupt noch anrufen? Eigentlich reichten ihm doch die Aussagen der beiden anderen Frauen und die vierte würde er sowieso nicht erreichen. Von der hatte er nicht mal den Nachnamen. Schließlich griff er doch zu seinem Handy. Er hatte die Sache mit den Frauen angefangen, also musste er sie auch zu Ende führen. Alte Polizistenregel: Nicht auf halbem Wege stehen bleiben.

Tatsächlich erreichte er auch sie, stellte sich kurz vor als Mitarbeiter der Polizei und sagte, dass er ein paar Fragen an sie hätte. Sie bat ihn, in gut fünf Minuten wieder anzurufen, sie könne jetzt nicht telefonieren. Bevor Völkel zustimmen konnte, hatte sie schon aufgelegt. Ob die jetzt auch ins Profigeschäft gewechselt war und gerade Herrenbesuch hatte, überlegte Völkel. Aber als er kurz darauf mit ihr sprach, stellte sich heraus, dass alles ganz anders war. Sie war mit ihrer Arbeit beschäftigt gewesen, erklärte sie, und hätte Flaschen in ein Regal geräumt. Völkel ersparte es sich, zu fragen, was das für Flaschen und für ein Regal waren.

Nein, von Kühnes Tod hatte sie noch nicht erfahren, sagte sie. Besonders betroffen schien auch sie nicht zu sein. Nur als Völkel ihr erzählte, dass Kühne ermordet worden war, blieb es ein paar Sekunden lang ruhig in der Leitung.

„Wissen Sie", sagte sie dann, „jetzt bin ich umso froher, dass ich nichts mehr mit der Sache zu tun habe. Ich habe nämlich Arbeit in einem Supermarkt gefunden. Regale kontrollieren, Waren mit abgelaufenem Verfallsdatum raussuchen, neue einsortieren, manchmal auch an der Kasse helfen. Zufällig habe ich bei einem Einkauf gelesen, dass eine Arbeitskraft in meinem Supermarkt gesucht wird. Da habe mich beworben und bin zum Glück genommen worden."

Sie lachte kurz, die Freude war ihr deutlich anzuhören.

„Hier verdiene ich zwar deutlich weniger als bei Kühne, vor allem als bei dessen wilden Nächten, aber ich fühle mich besser. Viel besser. Aber es stimmt natürlich, wenn ein Mensch stirbt, den man gekannt hat, ist es immer schade."

Das klang wie eine Pflichtübung, wahrscheinlich war bei dem, was sie mit Kühne verbunden hatte, auch nicht mehr zu erwarten gewesen. Komisch, welche Konsequenzen Menschen aus denselben Erlebnissen ziehen, überlegte er. Die eine arbeitete weiter wie bisher, die andere hatte das, was sie in der Bar nachts veranstaltet hatten, zu ihrem Beruf gemacht, soweit man bei dieser Tätigkeit von Beruf sprechen konnte, und die dritte hatte mit all dem gebrochen. Das, dachte er, war die beste Lösung. Der mühsame Weg mit weniger Geld, aber einer, mit dem man vor sich selber bestehen konnte.

An die Männer, die in den Nächten dabei waren, konnte sie sich nicht so gut erinnern wie ihre Kolleginnen, dafür aber an die junge Frau, diese Anja, nach der er fragte. Allerdings fiel auch ihr der vollständige Name nicht ein.

„Irgend so ein Nullachtfünfzehn-Name", sagte sie, „der mit S-C-H anfängt. Ja, daran erinnere ich mich genau. Schmidt, Schulte, etwas in der Art."

Völkel wollte die Hoffnung noch nicht aufgeben.

„Vielleicht fällt er Ihnen ja noch ein", sagte er und bat sie, sich seine Telefonnummer zu notieren.

„Sie war sehr jung, das weiß ich noch. Vielleicht war sie erst zwanzig Jahre alt. Und sie wollte studieren oder sie tat es schon, ich weiß das nicht mehr genau.

Der Job diente dazu, Geld fürs Studium zu bekommen." Gabi Storm schwieg einen Moment lang. „Naja, das hat ja wahrscheinlich auch geklappt", sagte sie dann.

Viel war das nicht, was er neu von ihr erfahren hatte, dachte Völkel, als er das Gespräch beendete. Eigentlich fast gar nichts. Wie viele Anjas würde es wohl in Dortmund geben, die mit S-C-H anfingen? Und es war ja nicht mal gesagt, dass sie in Dortmund wohnte. Aber immerhin, bei ihrem Alter hatte er jetzt halbwegs Klarheit. Und dass sie studieren wollte oder es schon tat, war auch ein Hinweis, der etwas brachte. Nämlich darauf, dass sie nicht so richtig in Kühnes Umfeld gepasst hatte. Es wäre gut, wenn er sie finden und sprechen könnte. Obwohl es nicht viel war, was Gabi Storm über sie gesagt hatte, hatte er plötzlich das Gefühl, dass er über diese Anja weiterkommen würde. Dass sie ihm einen wichtigen Hinweis geben könnte.

Er blickte auf die Uhr, es war gegen halb drei. Höchste Zeit, Wolter in alles einzuweihen. Vor allem in seine Vermutung, dass die Sache weiterlaufen könnte. Weiterlaufen mit dem nächsten Mord an einem der anderen, die bei diesen Schweinereien dabei gewesen waren. Es war wichtig, dass Wolter das erfuhr. Er wählte dessen Nummer, Wolter meldete sich sofort.

17.

Sie trafen sich im Café am Eingang des Zoos und setzten sich an einen der Außentische.

„Weißt du, dass wir uns hier schon mal wegen einem deiner Fälle getroffen haben?", sagte Völkel.

„Wenn wir beide uns hier getroffen haben, war es garantiert genauso gut mein Fall wie deiner", antwortete Wolter.

Völkel musste schmunzeln. Stimmte, so war es wohl gewesen.

„Weißt du noch, worum es damals gegangen war?"

Wolter zuckte mit den Schultern.

„Seit du pensioniert bist, haben wir ja dauernd gemeinsame Fälle, fast so viel wie zu der Zeit, als du noch im Dienst warst. Wie soll ich da die Übersicht behalten? Ging es da nicht um Schildkröten, diese exotischen Viecher aus Madagaskar, von denen es nur noch wenige Exemplare gibt? Wie heißen die noch gleich?"

„Angonokas", antwortete Völkel.

„Mann, was du nicht alles weißt! Aber du hast ja auch Zeit, dich mit so was zu beschäftigen."

Völkel musste erneut schmunzeln.

„Sag mir lieber, was du inzwischen alles weißt."

„Frau Kühne hatte ihren Mann schon zwei Tage vor der Ermordung nicht mehr gesehen", sagte Wolter, „aber sie hat sich nichts dabei gedacht. Er wäre schon öfter für ein paar Tage verschwunden gewesen, sie wisse auch, was er dann treibe. Sie sei eben nicht mehr attraktiv für ihn gewesen, hat sie gesagt."

„Ich weiß, sie ist krank. MS oder so was, hat mir eine Kellnerin aus seiner Bar erzählt. Kann es sein, dass die Frau nur so tut, als würden sie die Eskapaden ihres Mannes kaltlassen, dass sie in Wirklichkeit aber eine riesige Wut auf ihn hat?"

„Du meinst Mord aus Eifersucht?" Er schüttelte den Kopf. „Die Frau wirkte eher so auf mich, als wäre ihr der Mann gleichgültig und als hätte sie sich längst damit abgefunden, betrogen zu werden."

Es fiel Völkel erst jetzt auf, dass er diese Frage auch an Marga Schumann hätte stellen können, daran aber gar nicht gedacht hatte. Vermutlich deshalb nicht, weil sie Kühnes Frau eher als ein Opfer dargestellt hatte, das Nachteile durch den Tod ihres Mannes hatte. Deshalb ja auch das frühe Öffnen der Bar, damit sie keine finanziellen Einbußen hinnehmen musste. Und einen erkennbaren Grund, den Mörder von Werner Kühne zu decken, hatte sie auch nicht. Gut, das war also geklärt, Völkels Verdacht richtete sich sowieso in eine ganz andere Richtung.

„Wenn er zwei Tage vorher verschwunden ist, ist das wahrscheinlich die Zeit, seit der er gefangen gehalten wurde", sagte Wolter.

„Wie bei Holbein", ergänzte Völkel. „Dann wäre es ein weiteres Indiz dafür, dass die beiden Fälle zusammengehören."

Wolter nickte.

„Außerdem wäre es ein Indiz dafür, dass da nicht einfach jemand gemordet hat, sondern dass er vorher quälen wollte", sagte Völkel.

„Aber warum hat er den einen gequält und danach erschossen und den anderen nur gequält?", fragte Wolter.

„Vielleicht, weil er kein eiskalter Profi ist und nicht in jedem Fall das schafft, was er sich vorgenommen hat."

Völkel war selbst überrascht über seine Antwort, wirklich nachgedacht hatte er darüber nicht. Wolter sah ihn erstaunt an.

„Glaubst du das wirklich?"

„Ich weiß es nicht, Herrgott noch mal! Aber anders kann ich es mir nicht erklären. Ich weiß noch viel zu wenig über die Sache."

„Dann erzähl mir mal, was du bisher weißt. Wie ich dich kenne, ist das ja schon eine ganze Menge."

Völkel fing mit Holbein an, obwohl er wusste, dass Wolter sich dafür nur mäßig interessierte. Viel wichtiger war ihm, was Völkel über Kühne herausgefunden hatte.

Holbein sei mal einer großen Umweltschweinerei auf die Spur gekommen, die sogar zur Schließung der

Firma geführt hätte, erzählte er, aber daraus hätte sich keine Spur ergeben. Die beiden, die den größten Schaden durch die Firmenschließung erlitten hätten, wären nun wieder in der Erfolgsspur. Außerdem hätten sie keinen Kontakt zu Kühne.

Wolter nickte, als wollte er sagen: Siehst du, hätte ich dir gleich sagen können, tat es aber nicht. Stattdessen sagte er: „Das sind diese Leute doch immer, nämlich in der Erfolgsspur. Egal, welche Schweinereien solche Typen betreiben, die fallen immer auf die Füße. Und die Kleinen bleiben unten im Dreck."

Völkel staunte. So kritische Reden war er von Wolter gar nicht gewöhnt. Darüber müssten sie mal reden, dachte er. Vielleicht hatte sich durch den Aufstieg der Rechten einiges in Wolters politischem Bewusstsein geändert, dass er sich plötzlich so viel Sorgen um die Verlierer in der Gesellschaft machte. Aber egal, das konnten sie auch später noch tun, jetzt war wichtig, dass sie in ihrer Sache weiterkamen. Denn wenn stimmte, was Völkel vermutete, war sie noch gar nicht ausgestanden.

Er erzählte ihm jetzt von den Sausen in Kühnes Bar, und dass da auch Holbein mitgemacht hatte. Wolter bestätigte, dass er davon schon gehört hätte, dem Ganzen aber bisher wenig Bedeutung beigemessen hätte. Völkel widersprach. Da, betonte er, läge die Verbindung zwischen beiden Fällen und seiner Meinung nach der Schlüssel zur Aufklärung. Er kramte seinen Zettel raus und nannte Wolter die Namen der Teilnehmer, zuerst die der Männer, dann die der Frauen. Von Dörthe Kohler erzählte er besonders viel, dass ihr Geschäft gut lief und dass sich die Männer bei ihr die Klinke in die Hand gaben.

Wolter grinste.

„Mann, du bist aber gut über diese pikanten Geschichtchen informiert. Willst du da einsteigen?"

Völkel winkte ab, Spott brachte sie nicht weiter.

„Irgendwas muss in dem Zusammenhang passiert sein", erklärte er. „Irgendwas hat da jemanden derart aus der Bahn geworfen, dass er einen Rachefeldzug gestartet hat. Anders kann ich es mir nicht erklären."

Sie schwiegen einen Moment lang und beobachteten, wie sich an der Zookasse eine Schlange bildete. Es war warm, viele hatten noch Lust, sich für den Rest des Nachmittags die Wildtiere anzusehen und das alles mit einem schönen Spaziergang zu verbinden. Jetzt, wo Völkel es sah, hatte er auch Lust dazu. Es war wieder seine eigene Dummheit, dass er in so einer Geschichte steckte und keine Zeit für die schönen Dinge des Lebens hatte. Oder nein, nicht Dummheit, sondern Gutmütigkeit, wobei das eine auf das andere hinauslief.

„Und, hast du einen Verdacht, wer das sein könnte und warum er das tut?", fragte Wolter schließlich.

„Eben nicht. Ich vermute nur, dass es irgendwas mit den Frauen zu tun haben muss. Die Männer haben doch bekommen, was sie wollten. Sie waren die Aktiven in dieser Sache."

„Erzähl jetzt nicht, dass die Frauen die Opfer waren. Die haben doch gut verdient dabei, das hast du doch selbst gesagt."

Dagegen konnte Völkel nichts einwenden.

„Ich habe alle Frauen erreicht", sagte er, „alle bis auf eine."

„Hat dir bestimmt Spaß gemacht", grinste Wolter, aber Völkel ging nicht darauf ein.

„Von der vierten Frau weiß ich nur, dass sie sehr jung ist und Anja heißt. Ihr Nachname soll ein Allerweltsname sein, der mit S-C-H anfängt. Schulte, Schreiber, irgendwas in der Art."

„Meinst du, es bringt was, die auch noch zu befragen?"

„Ob es was bringt, weiß ich nicht. Aber ich lasse Arbeit nicht gerne auf halbem Wege liegen. Das heißt, hier wäre es ein Dreiviertelweg. Ich habe das mit drei Frauen aus Kühnes Bar angefangen, jetzt will ich es auch zu Ende führen."

„Klar, wenn du erst mal was mit Frauen angefangen hast …"

Was war los mit Wolter, hatte er einen Clown verschluckt? Über diese blöde Anspielung konnte Völkel jedenfalls nicht lachen. Wolter schien seinen Ärger bemerkt zu haben.

„Ist gut, ich höre mich mal um. Vielleicht kriege ich den Namen raus, dann sage ich ihn dir. Versuch du es weiter auf deine Weise, mal sehen, wie wir zum Ziel kommen."

Wie sein Weg aussah, erzählte er dann Völkel auch noch. Wolter hatte die Familie von Kühne durchleuchtet und festgestellt, dass Kühne mit seinen beiden Brüdern in einem heftigen Clinch gelegen hatte. Schon früher hatten sie sich um das Erbe ihrer Eltern gestritten, dann aber gemeinsam ein Haus gekauft, um dessen Anteile sie anschließend stritten.

„Wieso sich Leute zusammen ein Haus kaufen, die sich schon vorher, als es um zwei Eigentumswohnungen ging, um jede müde Mark gestritten haben, weiß ich auch nicht. Jetzt, wo sie das Haus wieder verkaufen wollen, streiten sie sich wieder um jeden Cent", erklärte Wolter. „Unser Kühne ist dabei der Schlimmste. Das heißt, er war es."

Völkel nickte. Klar, Geld war immer ein Motiv.

„Und sonst", fragte er, „noch andere Spuren?"

„Schutzgelderpressung ist natürlich auch ein Thema. Obwohl all die Kneipenwirte behaupten, so was gäbe es nicht im Viertel hinter dem Ostwallmuseum, lassen wir uns da nichts vormachen. Wer so knauserig mit seinen eigenen Brüdern umgeht, der will garantiert kein Schutzgeld zahlen."

Völkel musste schmunzeln. So ähnlich hatte das Dörthe Kohler auch schon gesagt.

„Und wie passen die Entführung und das Fesseln an Handgelenken und Beinen dazu?"

„Sehr gut sogar. Wenn du dich bereit erklärst zu zahlen, lassen wir dich wieder laufen. Wenn nicht, dann macht es bumm."

Völkel nickte. Ja, das war einleuchtend, obwohl er nicht so recht daran glauben wollte. Mord wegen Schutzgelderpressung, wie viele Wirte müsste es dann in Dortmund erwischt haben? Da schien ihm das mit den Brüdern, die sich um Besitz stritten, die bessere Spur zu sein. Aber gut, sollte Wolter diesen Weg gehen, er selbst wollte die Spur mit den Orgien in Kühnes Bar bis zum Ende verfolgen. Da waren ja noch die beiden anderen Männer, die er befragen konnte. Vielleicht kannten sie den Namen der vierten Frau, vielleicht waren sie sogar selber in großer Gefahr und er musste sie warnen. Aber wenn auch das alles nichts brachte, wenn das wieder nur ein Fehlschlag wäre, würde er aussteigen. Dann sollte Holbein selber zusehen, wie er mit seiner Entführung klarkam. Wirklich ehrlich war er ja nicht zu ihm gewesen.

„Dann sind wir uns ja einig", sagte Wolter. „Du informierst mich, sobald du etwas rausgefunden hast."

Dann fing er unvermittelt an, von seiner Familie zu erzählen. Sein Sohn hätte jetzt eine feste Partnerin, sagte er und Völkel merkte ihm deutlich an, wie froh er darüber war. Bisher wäre der Wechsel die einzige Konstante in seinem Leben gewesen, aber seit er den festen Job im neuen Logistikzentrum in Bergkamen hätte, sei das anders geworden. Demnächst würden die beiden sogar zusammenziehen.

„Du freust dich ja fast so sehr darüber, als hättest du selber eine neue Freundin", grinste Völkel. Er war Wolter ja noch eine Antwort auf dessen Anspielung schuldig.

„Na, hör mal", antwortete Wolter, „du bist ja schon Großvater. Aber ich habe mit der Sorge gelebt, dass es bei mir nie so weit sein würde."

Völkel musste lachen. Doch, das war ein Argument. Was wäre er ohne seinen Enkel Patrick?

Sie verabschiedeten sich, Völkel übernahm die Rechnung. Einen Moment lang blieb er noch sitzen, dann ging er hinüber zum Eingang des Zoos.

18.

Er wusste, dass er nicht mehr lange durch den Zoo laufen konnte, es war schon halb fünf. Bald würde geschlossen werden und bei den Tieren zu übernachten war bei aller Liebe zu ihnen nicht ratsam. Aber es störte ihn nicht, dass ihm nur noch so ein kurzer Zeitraum blieb. Der gemütliche Spaziergang bei sommerlich warmem Wetter, dazu der Anblick der Tiere, das würde ihm jetzt guttun. Er musste ja nicht an allen Gehegen vorbeilaufen. Nachher würde er nach Hause gehen, sich das Abendbrot zubereiten und dann Anita anrufen. Er würde ihr sagen, wie schön das Wochenende mit ihr gewesen war und dass er Mittwoch, spätestens Donnerstag zu ihr kommen würde, falls sie nichts anderes vorhätte. Wenn er ihr zwei Tage zur Auswahl vorschlug, hätte sie bestimmt an einem davon Zeit.

Als er vor dem Gehege der Schabrackentapire stand, fiel ihm wieder eine Redewendung seiner Oma ein. Wenn seine Oma Kleidung aussortiert hatte, die ihr nicht mehr gefiel, hatte sie das stets mit dem Satz begründet: „Das muss weg, darin sehe ich ja aus wie eine alte Schabracke." Völkel musste lächeln, als es ihm einfiel. Vielleicht hätte seine Oma die Tapire beobachten sollen, die mit ihrem schwarz-weißen Fell, das wie ein übergeworfener Umhang wirkte, wirklich gut aussahen. Komisch, was einem so alles einfiel, wenn man älter wurde.

Bei den Nashörnern setzte er sich auf eine Bank und beobachtete die drei Tiere hinter ihrem Zaun aus dicken Balken. Der Anblick der drei Kolosse wirkte beruhigend auf ihn. Gerade in dem Moment, als die Entspannung zu wirken begann, klingelte sein Handy. Um Gottes willen, jetzt nichts von Mord und Entführung, dachte er, aber es war Kathrins Stimme, die er hörte. Völkel atmete auf.

„Entschuldige, dass ich neulich so kurz angebunden war", sagte sie, „aber ich hatte wirklich keine Zeit für ein längeres Gespräch. Bei uns im Amt ist wegen der vielen Flüchtlinge landunter."

„Aber das macht doch nichts", sagte er, „ich habe Zeit und du eben nicht."

Sie lachte.

„Stimmt, du hast Zeit. Es sei denn, du bist wieder in irgendwelche Krimigeschichten verwickelt, dann hast du es plötzlich auch eilig."

„Wie kommst du darauf, dass ich in Krimigeschichten stecken könnte?", rief er etwas zu laut. „Wenn du wüsstest, wo ich hier sitze!"

Er beschrieb ihr den Anblick der drei Nashörner und bekam, je länger er darüber redete, ein immer schlechteres Gewissen. Nein, er wollte Kathrin, die sich immer Sorgen um ihn machte, nicht anlügen, aber das, was er jetzt tat, war ja im Grunde nichts anderes, auch wenn er das Bild, das er ihr beschrieb, wirklich vor sich sah. Kathrin lobte ihn.

„Ja, bei so schönem Wetter ist ein Zoobesuch genau das Richtige. Wenn Patrick das nächste Mal bei dir ist, geht ihr gemeinsam dorthin."

Sie erzählte ihm jetzt, dass Patrick seinen ersten Turnwettbewerb sehr erfolgreich abgeschlossen hatte. Zwei Urkunden hätte er gewonnen, weil er beim Bodenturnen und beim Barren Plätze auf dem Treppchen erreicht hätte.

Völkel staunte. Turntalente hatte es in seiner Familie noch nie gegeben. Das musste das Erbe von Patricks

Vater sein, des Mannes, von dem Kathrin sich schon vor vielen Jahren getrennt hatte.

„Ich würde ihm für seinen Erfolg gerne etwas schenken", sagte er. „Was meinst du, was das sein könnte?"

„Schenk ihm ein Buch, irgendwas über Fische, die liebt er besonders. Der sitzt sowieso viel zu lange vor dem Computer, da kann ein bisschen lesen nicht schaden."

Völkel hatte gerade aufgelegt, als es schon wieder klingelte. Diesmal war es Holbein.

„Haben Sie was rausgefunden?", fragte er.

„Sagen Sie mir zuerst mal, wer diese Anja ist."

„Welche Anja? Was meinen Sie?"

Völkel erzählte ihm, was er über die Sausen bei Kühne herausgefunden hatte. Holbein hörte schweigend zu.

„Glauben Sie wirklich, dass meine Entführung etwas damit zu tun hat?", fragte er dann.

„Ja, das glaube ich. Es ist schließlich die einzige Verbindung, die es zwischen Ihnen und Herrn Kühne gibt. Und dazu haben Sie mir nichts gesagt, die haben Sie verschwiegen."

„Aber warum sollte ich, das hat doch gar keine Bedeutung! Mein Gott, man wird sich doch mal austoben dürfen. Die Frauen haben doch mitgemacht und verdient haben sie auch dabei."

Völkel hatte keine Lust, etwas dagegen zu sagen. Es war schließlich genau das, was die Frauen selber erklärt hatten.

„Was ist jetzt? Kennen Sie eine Anja?"

„Nein, warum sollte ich? Ich habe mir die Namen der Frauen nicht gemerkt, es gab keinen Grund dafür. Werner hat das alles gemanagt, der kannte die Frauen. Eine von ihnen hieß Dörthe, das weiß ich noch, weil der Name so selten ist. Und eine hieß, glaube ich, Margret."

„Marga", warf Völkel ein.

„Ja, von mir aus auch das. Mehr weiß ich aber nicht, dafür war die Sache nicht wichtig genug."

„Vielleicht gibt es da jemanden, der das ganz anders sieht."

„Hören Sie, das macht mir jetzt Angst, was Sie da sagen."

„Weil Ihre Freundin, die Frau Kerber, davon erfahren könnte?"

„Nein. Das heißt, doch. Klar, Inga darf nichts davon erfahren. Aber wenn da ein Zusammenhang bestehen sollte, warum ist Werner dann erschossen worden und ich nicht?"

„Haben Sie nicht gesagt, dass Sie mal ein Klicken gehört haben, als sie gefesselt in dem dunklen Raum waren?"

„Ja, das habe ich. Mein Gott, wenn das wirklich stimmt, was Sie vermuten …"

„Deshalb denken Sie noch mal nach. Eine Anja, eine junge Frau …"

„Ja, eine junge Frau war mal dabei. Werner hatte sie als etwas ganz Besonderes dargestellt, aber ob die Anja hieß … Die war auch nicht häufig dabei, ich hatte auch das Gefühl, dass sie gar nicht dabei sein wollte, aber Werner muss sie überredet haben."

„Wie überredet?"

„Na, überredet halt, was weiß ich."

Völkel bat ihn, sofort anzurufen, falls ihm der Name doch noch einfallen sollte. Vor allem auf den Nachnamen käme es an. Dann beendete er das Gespräch und hoffte, dass er jetzt endlich in Ruhe die Nashörner beobachten könnte. Für ein paar Minuten noch, dann wurde der Zoo geschlossen.

19.

Sie hatte es ihm erzählt, irgendwann hatte sie es ihm doch erzählt. Sie war in den Wochen vorher still geworden und er hatte sie mehrfach gefragt, was mit ihr los sei. Er hatte sich Sorgen gemacht. Nein, es sollte sie nichts belasten, es sollte ihr gut gehen, dafür wollte er alles tun. Alles, was ihm nur eben möglich war, sie war doch sein Ein und Alles.

Sie hatte zuerst abgewehrt, nein, es sei nichts, er solle sich beruhigen. Aber er hatte sich nicht beruhigt, denn sie war noch stiller geworden und hatte am Ende kaum ein Wort gesprochen. Gerade mit ihm nicht, wo sie doch sonst alles miteinander besprochen hatten. Und irgendwann, als er sie nicht fragte, sondern nur traurig anschaute, hatte sie es zugegeben.

„Ja, Papa", hatte sie gesagt, „es stimmt. Es sind schwarze Tage."

Sie hatte, als sie es sagte, in ihrem Zimmer am Schreibtisch gesessen. Er hatte für sie beide Tee gekocht, sich zu ihr gesetzt und nichts gesagt. Er hatte sie zu nichts gedrängt, sondern einfach nur gewartet, endlos lange, wie es ihm schien. Schließlich hatte sie angefangen zu weinen, bitterlich und laut. Und er, er hatte nicht gewusst, was er tun sollte, sondern weiter stumm und wie erstarrt neben ihr gesessen.

„Papa", hatte sie schließlich gesagt, „ich habe das nicht gewollt. Nein, ich wollte das nicht, so was ist nichts für mich."

Erst in dem Moment hatte er seine Sprache wiedergefunden.

„Was hast du nicht gewollt, was ist nichts für dich?"

„Papa, die haben das gemacht, ich bin da so reingerutscht. Ich weiß nicht einmal, wie sie das gemacht haben, damit ich plötzlich dabei war und mich nicht gewehrt habe."

Und dann hatte sie angefangen zu erzählen, stockend, mit langen Pausen und immer wieder unterbrochen von Weinkrämpfen.

Es war um diese Bar gegangen, in der sie Geld für ihr Studium verdienen wollte. Er war von Anfang an dagegen gewesen, dass sie dort arbeitete. Eine Bar, das war doch nichts für sie. Aber sie hatte abgewehrt.

„Papa, das ist ganz harmlos. Ich bediene an der Theke, die Leute sind nett, nicht, was du denkst. Meistens sind es Männer, die auch noch Trinkgeld geben. Ich muss gar nicht oft da sein und verdiene trotzdem genug für mein Studium. Du sollst doch nicht alles für mich bezahlen und dir auch was gönnen."

Ja, das hatte sie gesagt, er sollte sich auch was gönnen. Aber um etwas genießen zu können, das hatte sie bei ihren Überlegungen völlig vergessen, musste es ihr gut gehen und vor allem musste sie da sein. Irgendwo, vielleicht ganz weit weg, aber doch da sein. Ohne dass es sie gab, war sein Leben leer. Sie war seiner Frau ähnlich, sie ersetzte sie ihm wenigstens ein bisschen. Sie war doch alles, was er hatte.

„Ich hatte vorher schon mal gemerkt, dass da was im Hinterzimmer lief, es kamen Frauen, die Herr Kühne gerufen hatte, und dann ist er mit ihnen und ein paar Männern dorthin verschwunden. Ich musste dann an der Theke alles allein machen, aber ich habe mir nichts dabei gedacht. Was da lief, betraf mich doch gar nicht. Das hatte nichts mit mir zu tun."

Sie hatte wieder geweint, als sie das gesagt hatte, und minutenlang nicht mehr reden können, aber in dem Moment hatte er schon einen schlimmen Verdacht gehabt. Es hatte sie eben doch betroffen, hatte er gedacht. Es war etwas passiert, mit dem sie nicht gerechnet hatte.

„Und irgendwann, Papa, irgendwann bin ich auch dabei gewesen. Herr Kühne hat mich gefragt, ob ich nicht mitkommen wolle, an der Theke könne auch eine der anderen Frauen bedienen. Ich habe das nicht gewollt, aber er hat mir Schnaps angeboten und plötzlich, plötzlich war ich doch dabei. Ich weiß nicht, wie es dazu gekommen ist. Plötzlich grapschten die Männer an mir rum, alles war im Nebel und ich habe hinterher nicht gewusst, ob ich das wirklich erlebt oder geträumt habe."

Sie hatte wieder gestockt.

„Herr Kühne hat mich angelächelt, als ich zur nächsten Schicht kam. Er hat mir gesagt, dass ich ein tolles Mädchen sei und dass die anderen Männer das auch so sehen würden. Ich habe eigentlich nicht mehr bei ihm arbeiten wollen und bin nur hingegangen, um ihm das zu sagen. Danach habe ich mich nicht mehr getraut, ihm das zu sagen. Er war nett zu mir, es gab Extralohn, Trinkgeld von den Männern, hat er behauptet. Und dann, Papa, dann war ich …"

Er hatte nicht mehr hören wollen, was dann mit ihr war, und sich für einen Moment sogar die Ohren zugehalten.

„… dann war ich wieder dazwischen und diesmal … Es war schrecklich, Papa, wie die Kerle plötzlich auf mir lagen und mir ihren Bierdunst ins Gesicht keuchten. Einer, dann noch einer, ich weiß nicht, wie viele. Ich weiß auch nicht, wie ich vorher in den Raum gekommen bin, aber plötzlich war ich drin. Ich konnte mich nicht wehren, Papa, ich weiß nicht, was sie mit mir gemacht haben. Danach war ich drei Tage krank, weil ich mich vor mir selber geekelt habe. Ich wollte es Jörg erklären, aber er hat nicht zuhören wollen. Er hat geahnt, was passiert ist, und mir dafür die Schuld gegeben."

Wieder hatte sie ein Weinkrampf geschüttelt.

„Niemand macht bei so einer Sache mit, der da nicht mitmachen will, hat er gesagt. Ich wäre ein beschmutztes, billiges Mädchen, hat er gemeint, das sich in den Dreck geworfen hätte und nun alleine zusehen solle, wie es da wieder rauskomme. Dann ist er gegangen, hat auf keinen Anruf mehr von mir reagiert, auf keine WhatsApp, er hat sich nie mehr gemeldet."

Hilflos hatte er vor ihr gestanden und nicht gewusst, womit er sie beruhigen könnte. Sie war so furchtbar empfindlich gewesen, die geringste Kritik hatte sie sich zu Herzen genommen, ohne zu fragen, ob sie berechtigt war oder nicht. Was hatte er falsch gemacht in der Erziehung, warum war ihr Selbstbewusstsein so schwach gewesen?

Er hatte gehofft, dass es ihr besser gehen würde, nachdem sie ihm alles erzählt hatte, aber das war nicht passiert. Sie war still geblieben, in sich gekehrt. Sie hatte zerbrechlich gewirkt, ja, das war der richtige Ausdruck. Sie hatte gewirkt, als könnte sie bei der geringsten Erschütterung zerbrechen und unheilbar zerstört werden.

„Ich bin nichts wert", hatte sie irgendwann gesagt, als sie am Schreibtisch in ihrem Zimmer saß. Zufällig hatte er es gehört.

„Doch, du bist was wert", hatte er gerufen, „du bist viel wert. Für mich bist du mein ganzes Leben."

„Aber nicht für jemanden wie Jörg, nicht für einen wie ihn. Und darauf kommt es an", hatte sie geantwortet.

Irgendwann war sie für einen ganzen Tag verschwunden gewesen und er hatte sich schreckliche Sorgen gemacht. Immer wieder hatte er über Handy versucht, sie zu erreichen, aber sie hatte nicht abgenommen oder zurückgerufen. Er hatte auch Studienfreunde angerufen, deren Namen sie ihm mal genannt hatte, aber niemand hatte sie gesehen oder getroffen. Endlich, spät in der Nacht, war sie nach Hause gekommen und er war erleichtert gewesen. Später hatte er gewusst, dass seine Befürchtung tatsächlich gestimmt hatte. Schon da hatte sie es versucht, aber aus irgendwelchen Gründen nicht geschafft. Ach, wäre es doch dabei geblieben, bei diesem einen gescheiterten Versuch. Aber sie hatte es noch einmal versucht.

„Ich bin nichts mehr wert, Papa", hatte sie ihm am Morgen gesagt und ihn verzweifelt und hilflos zurückgelassen. Danach war sie nicht zur Uni gegangen, sondern zur Autobahnbrücke. Direkt vor einem Sportwagen war sie auf die Fahrbahn geknallt.

Wenn er an das Bild dachte, sie überrollt von dem Sportwagen, wusste er, alles, was er jetzt tat, war richtig. Es strafte jene, die ihr das Gefühl gegeben hatten, nichts mehr wert zu sein. Dabei waren sie es, die wertlos waren. Wertlos, weil sie ein hoffnungsvolles, junges Leben zerstört hatten. Wertlos, weil es ihnen nur um ihr mickriges, billiges Vergnügen gegangen war. Jedenfalls um das, was sie ihr Vergnügen nannten und was doch nur eine miese Schweinerei war. Ein übler, ekliger Dreck.

20.

Am Dienstagmorgen ließ Völkel sich lange Zeit mit dem Frühstück. Nach der Schließung einer der großen Dortmunder Tageszeitungen hatte er vor ein paar Wochen die übrig gebliebene abonniert, diejenige, deren Mitarbeiterinnen ihn so freundlich behandelt hatten. Er wollte wieder ausgiebig den Lokalteil lesen, denn es interessierte ihn eben, was in Dortmund passierte. Aber gestern, stellte er beim Durchblättern fest, hatte sich nicht viel ereignet. Der Oberbürgermeister hatte einen Kinderspielplatz eröffnet und zu dem Zweck eine kleine Rede gehalten. Einige Kinder aus dem nahe gelegenen Kindergarten hatten anschließend ein paar Lieder gesungen, auf dem Foto zum Artikel waren die Kinder, deren Mütter und der OB zu sehen. Ein Bild, das Harmonie ausstrahlte, warum nicht? Im Vorort Marten hatte ein Obdachloser einer alten Frau die Einkaufstasche gestohlen und noch an der nächsten Zweigstelle der Sparkasse versucht, Geld mit ihrer Scheckkarte abzuheben. Die Bestohlene selber hatte ihn dabei beobachtet und über Handy die Polizei informiert. Wer war hier eigentlich das größere Opfer, fragte sich Völkel.

Genau in dem Moment, als er zum Sportteil greifen wollte, klingelte sein Telefon. Es war Wolter, der ihn anrief.

„Ich weiß jetzt, wer die junge Frau ist, deren Namen du nicht rausgefunden hast", berichtete er.

Na endlich, Völkel atmete auf. Dann konnte er seine Spur doch noch bis zum Ende verfolgen.

„Ihr Name taucht in den Abrechnungen von Kühne auf. Sie hat ein paarmal als Aushilfe bei ihm gearbeitet und dafür übrigens weniger Geld verdient als seine Stammkräfte."

Egal, dachte Völkel, völlig unwichtig, was sie verdient hat und was nicht. Wichtig war jetzt nur, dass er endlich erfuhr, wer diese vierte Frau war.

„Wer ist es denn?", fragte er.

„War", antwortete Wolter. „Es war Anja Schneider, sie hat in Wellinghofen gewohnt."

Ein Allerweltsname, der mit S-C-H anfängt, dachte Völkel, genau, das musste sie sein. Aber im selben Moment stutzte er.

„Wieso war?", hakte er nach. „Wieso hat sie in Wellinghofen gewohnt und wohnt nicht mehr dort? Ist sie weggezogen?"

„Sie ist tot. Selbstmord. Sie hat sich von einer Autobahnbrücke auf die Fahrbahn gestürzt."

„Verdammt!" Völkel rief es laut aus und ließ das Telefon sinken. Da hatte er eben noch Hoffnung gehabt, gerade über diese Anja weiterzukommen, und jetzt war es wieder nichts. Wo er auch anpackte, er griff ins Leere. Jetzt gab es endgültig nichts mehr für ihn zu tun. Eine Woche lang war er überall rumgelaufen und hatte rumgefragt und gebracht hatte es nichts. Rein gar nichts. Eine verplemperte Woche, die er besser hätte nutzen sollen.

„Bist du noch dran?", rief Wolter.

„Ja, bin ich, wenn du das Telefon meinst. An dem Fall allerdings nicht mehr, da bin ich mit meinem Latein jetzt endgültig am Ende."

„Nun komm, nimm es nicht so persönlich. Ich hatte an deiner Vermutung, dass der Mord und diese angebliche Entführung zusammenhängen, sowieso meine Zweifel, obwohl ich deiner Fährte dann doch gefolgt bin und Informationen über diese Anja gesammelt habe."

„So, hattest du. Und warum hast du mir die Sache dann nicht ausgeredet?"

„Weil du oft den richtigen Riecher hast. Ich habe mir gedacht: Lass den mal, vielleicht hat er auch diesmal Recht."

Habe ich aber nicht, dachte Völkel, irgendwann geht jede Serie mal zu Ende. Er dachte schon daran, sich zu verabschieden und Wolter zu raten, von jetzt an seine Fälle alleine zu lösen, weil ihn sein Instinkt verlassen habe, da kam ihm plötzlich eine Idee. Die Familie, dachte er, Mensch, die Familie von dieser Anja Schneider, was war mit der?

„Weißt du auch etwas über ihre Familie?", fragte er.

„Die Mutter ist früh gestorben, sie hat mit ihrem Vater zusammengewohnt. Studentin der Gartenarchitektur, sie soll gut gewesen sein in ihrem Fach. Alle Prüfungen locker bestanden. Der Vater hat das Haus inzwischen verkauft und ist verschwunden. Keine Ahnung, wo der jetzt wohnt. Vielleicht in Dortmund oder irgendwo in Süddeutschland, weil es da noch einen Sohn gibt. Aber die alte Nachbarin hat mir erzählt, dass er zu diesem Sohn wenig Kontakt hatte. Deutlich weniger als zu seiner Tochter, also ist es eher unwahrscheinlich, dass er in den Süden gezogen ist."

„Naja, wenn die Tochter auch bei ihm gewohnt hat …"

„Nein, das meinte die Nachbarin nicht. Sie wollte sagen, dass die beiden sich besonders gut verstanden hätten. Dass sie ein Herz und eine Seele gewesen seien."

Völkel nickte. Na also, das war doch eine Aussage, mit der er etwas anfangen konnte. Der Mann hatte etwas verloren, das ihm wichtig war, das vielleicht sein ganzes Leben, all sein Hoffen bestimmt hatte und das plötzlich nicht mehr da war. Und verursacht hatte das … Ein Gedanke schoss ihm durch den Kopf. Womöglich war ja doch noch nicht alles zu Ende, vielleicht führte seine Spur ja doch weiter. Wolter schien seine Gedanken zu erraten.

„Meinst du, da verbirgt sich eine Spur? Bei der Familie von dieser Anja Schneider?", fragte er. „Das kann ich mir nicht vorstellen."

Nee, jetzt bloß nicht widersprechen, dachte Völkel. Nichts von deinen Gedanken verraten, sonst liegst du nachher wieder daneben und Wolter hält noch weniger von deinen Tipps.

„Nein, das meine ich nicht", antwortete er deshalb. „Ich wollte nur die Hintergründe wissen. Irgendwie ist es unbefriedigend, auf halbem Wege stehen zu bleiben."

„Klar, das verstehe ich. Geht mir ja nicht anders. Wenn was ist, melde dich."

„Versprochen", antwortete Völkel und dachte, dass er das auf keinen Fall bei einem vagen Verdacht tun würde. Erst wenn er etwas Handfestes hätte, würde er Wolter einweihen, erst dann.

21.

Völkel überlegte. Nach Anja Schneiders Vater oder einem anderen Verwandten von ihr zu suchen, würde nichts bringen. Welchen Schneider denn auch, das Dortmunder Telefonbuch war voll mit diesem Namen. Und wenn sein Verdacht stimmte, wären alle Spuren verwischt worden. Nein, an dieser Seite konnte er den Hebel nicht ansetzen.

Stattdessen suchte er den Zettel raus, auf dem er bei Marga Schumann die Namen der Beteiligten an diesen primitiven Sausen bei Kühne notiert hatte. Hans Starke und Giesbert Bär, der Kommunalpolitiker, las er. Ja, die beiden waren bisher unbehelligt geblieben. Ihnen war noch nichts passiert, jedenfalls soweit er das wusste. Aber wenn der Täter weitermachte, wenn Holbein und vor allem Kühne erst der Anfang gewesen waren …

Wen von den beiden sollte er zuerst unter die Lupe nehmen, überlegte er. Wen von denen würde er sich selber vornehmen, wenn er auf Rachefeldzug wäre? Völkel überlegte nicht lange, er entschied sich für Starke und gegen Bär. Kommunalpolitiker erregten Aufmerksamkeit und standen immer unter Beobachtung. Und für den Täter wäre es besser, im Dunkeln zu bleiben, solange es ging. Also zuerst Hans Starke, der eine Werbeagentur in der Kaiserstraße hatte, ganz in der Nähe der Ricarda-Huch-Realschule, wie Marga Schumann gesagt hatte.

Die Kaiserstraße war eine verkehrsberuhigte Straße, Völkel fuhr sie langsam hoch, bis er zu der Schule kam. Dort parkte er auf dem Schulparkplatz, lief an den Häusern entlang und hatte die Agentur schnell gefunden. „Georg Bräucker und Hans Starke, Werbung aller Art", stand auf einem Schild neben dem Eingang eines dreistöckigen Bürohauses.

Sollte er klingeln und reingehen? Völkel zögerte. Was könnte er sagen? Hören Sie, es kann sein, dass Ihr Leben in Gefahr ist? Sollte er Starke das mitteilen? Und wie sah Starke überhaupt aus? Blöd, dass er kein Foto hatte. Bestimmt hatte seine Agentur eine Homepage mit seinem Foto darauf. Das hätte er vor seiner Fahrt hierher am Computer im Internet nachschauen sollen, mit seinem Handy war ihm das zu kompliziert. Und selbst wenn er Starke warnen würde und wenn der bereit wäre, sich den Verdacht zu Herzen zu nehmen, was wäre dann? Sollten sie Verstärkung bei Wolter anfordern? Bewachung rund um die Uhr? Wolter würde ihn auslachen. Nein, er musste anders vorgehen. Aber wie? Eine bessere Idee, als hierzubleiben und das Gelände zu sondieren, hatte er erst mal nicht. Vielleicht würde ihm im Laufe der Zeit etwas Besseres einfallen.

Er ging hinüber zum Schulgelände, dort befand sich neben dem Schulhof hinter einem hohen Maschendrahtzaun ein Sportplatz. Eine Jungengruppe spielte unter Anleitung eines Sportlehrers Basketball, die Trillerpfeife des Lehrers war auf dem ganzen Gelände zu hören. Von hier aus hatte Völkel einen guten Blick auf die Werbeagentur von Starke, die sich offensichtlich im ersten Stock befand, wie ihm das Klingelschild verraten hatte. Dort waren die Bürofenster auch hell erleuchtet, hinter den Fenstern darüber brannte nur bei einem das Licht.

Völkel versuchte, sich so unauffällig wie möglich zu verhalten. Ein älterer Mann, der sich in der Nähe einer Schule aufhielt, das konnte zu wer weiß welchen Missverständnissen führen. Aber das allein war es nicht. Völkel kam plötzlich die Idee, am besten niemandem aufzufallen, weder Lehrern noch irgendwelchen Passanten. Wer weiß, vielleicht passierte ja etwas, wenn er niemandem auffiel. Deshalb bemühte er sich, nicht zu auffällig zu dem Haus gegenüber zu schauen, sondern änderte immer wieder die Blickrichtung. Wie jemand, der auf einen anderen wartete, so wollte er wirken. Aus den Augenwinkeln behielt er die Werbeagentur trotzdem im Blick.

Nach etwa einer halben Stunde sah er, dass dort oben ein Mann ans Fenster getreten war. Ob das Starke war? Er konnte das Gesicht nicht genau erkennen, obwohl der Mann nach draußen schaute. Auf Anfang bis Mitte vierzig schätzte er ihn, also auf etwa das Alter, in dem sich auch Holbein befand und Kühne befunden hatte. Es könnte gut sein, dass es Starke war. Ein weiterer der gereiften Herren, denen es danach gelüstet, noch einmal richtig auf die Pauke zu hauen. Als er bemerkte, dass der Mann zu ihm herüberschaute, drehte er ihm schnell den Rücken zu und tat so, als wartete er auf jemanden, der aus Richtung Schule kommen musste. Der besorgte Opa, der seine Enkelin abholte, ja, das war doch ein Bild, das er in diesem Moment gerne von sich abgab.

Vorsichtig lugte er nach einiger Zeit über die Schulter wieder hinüber. Der Mann war verschwunden, dafür stand jetzt ein sehr viel älterer Mann dort am Fenster. Das war dann Bräucker, der zweite Chef der Werbeagentur, vermutete er, denn ob dieser Mann in seinem Alter noch Sexorgien feiern konnte oder wollte, daran hatte er seine Zweifel. Gut, jetzt hatte er wenigstens einen Eindruck von Starke, wenn auch einen verschwommenen.

Er wartete weiter. Mit der Zeit taten ihm die Beine weh, so dass er sich für einen Moment auf eine Bank auf dem Schulhof setzte. Die Sportstunde ging zu Ende, die Jungen liefen zur Turnhalle hinüber, der Sportlehrer schloss den vergitterten Sportplatz ab und folgte ihnen, ohne Völkel zu beachten. Gut so.

Kurz nach eins läutete die Glocke und Völkel verließ schnell den Schulhof, denn jetzt würden sicher die Schüler rausströmen. So war es denn auch. Einige tobten auf dem Hof herum, andere, die offenbar frei hatten, liefen zur Kaiserstraße hinüber. Völkel nahm wieder seinen Platz am Sportplatz ein. Zu seiner Verwunderung kamen auch Schüler neu, bis ihm einfiel, dass es an allen Schulen Nachmittagsunterricht gab. Natürlich auch an einer Realschule. Diejenigen, die jetzt kamen, hatten vermutlich Freistunden gehabt und waren etwas essen gegangen.

Essen, das war ein gutes Stichwort. Völkel spürte jetzt auch Hunger, obwohl er doch ausgiebig gefrühstückt hatte. Er blickte sich um. Ein Stückchen die Kaiserstraße hinunter in Richtung Innenstadt gab es eine Bäckerei, vielleicht konnte man da eine Kleinigkeit zu essen bekommen, hoffte er. So war es auch. Es gab sogar zwei Tischchen am Ende der Brottheke, eines davon hatten Schüler in Beschlag genommen, das andere am Fenster war frei. Völkel bestellte eine Tasse Kaffee und ein Käsebrötchen und setzte sich so an das freie Tischchen, das er einen Großteil der Kaiserstraße überblicken konnte. Die Schüler unterhielten sich laut und lachend. Es ging um eine Mathearbeit, bei der sie nach Kräften geschummelt hatten. Völkel musste schmunzeln, er hatte sich in Mathe auch oft mit Schummeln helfen müssen. Er biss in das Brötchen, trank einen Schluck Kaffee und starrte auf die Straße.

Es war ein komisches Gefühl, das ihn mit der Zeit beschlich. Einerseits war er von seiner Theorie, dass Starke in Gefahr war, überzeugt. Wenn es einen Zusammenhang zwischen Holbeins Entführung und der

Ermordung von Kühne gab, dann musste den anderen Beteiligten der Orgien der nächste Anschlag gelten. Soweit waren seine Überlegungen durchdacht. Andererseits kam er an den Vater von dieser Anja Schneider nicht heran, spurlos war der Mann verschwunden. Aber selbst wenn er ihn zu fassen bekäme, was konnte er ihm nachweisen? Nichts konnte er beweisen, rein gar nichts. Nicht mal ein richtiges Motiv konnte er dem Mann unterstellen. Gut, seine Tochter hatte da mitgemacht, aber nun war sie tot. Selbstmord. Aus welchem Grund könnte sich ihr Vater auf Rachetour gemacht haben? Irgendwie, überlegte er, müsste es mit dem Selbstmord zu tun haben. Aber das würde er nur rauskriegen, so viel war ihm klar, wenn er Schneider zu fassen kriegte, und das wiederum ging nur auf frischer Tat.

Gut, soweit seine Überlegungen. Völkel nickte unmerklich und biss wieder in sein Brötchen. Aber wie lange sollte er dann hier warten? Tage oder gar Wochen? Und konnte der Täter nicht, während Völkel Starkes Werbeagentur beobachtete, zur selben Zeit bei Giesbert Bär zuschlagen?

Fragen über Fragen. Verdammt, gab es keinen besseren Weg zum Ziel? Eine Zeit lang, nahm er sich vor, würde er Starkes Werbeagentur noch beobachten und wenn dann nichts passierte, würde er Wolter seine Überlegungen mitteilen und anschließend nach Hause gehen. Auf einen vagen Verdacht hin würde er einen

Teil seiner restlichen Lebenszeit jedenfalls nicht vergeuden, nahm er sich vor.

Zwischen Entführung und Mord, überlegte er dann weiter, hatten fünf oder sechs Tage gelegen, zwischen dem Mord und dem heutigen Tag lag wieder eine knappe Woche. Vielleicht war das ja der Zeitabstand, den der Täter zwischen seinen Verbrechen brauchte, um sich auf die nächste Tat vorzubereiten. Das war eine Überlegung, die ihm Mut machte.

Er aß den letzten Bissen seines Brötchens, schaute hinaus auf die Straße und versuchte, an gar nichts zu denken. Es war immer noch warm, wenn auch nicht mehr so warm wie am Wochenende. Die Leute liefen sommerlich gekleidet rum, Bluse, T-Shirt, manche Mädchen in Hotpants. Doch, das sah gut aus. Völkel trug auch nur ein dunkelblaues T-Shirt zu seiner Jeans.

Das Gelächter der Schüler, die aufbrachen, riss ihn aus den Gedanken. Ja, auch für ihn wurde es Zeit. Es war jetzt früher Nachmittag, wer konnte wissen, wie lange Starke arbeitete.

Er lief wieder hinüber zu dem eingezäunten Sportplatz, der jetzt verlassen dalag. Im Haus mit der Werbeagentur hatte sich nichts getan. Noch immer waren diejenigen Fenster erleuchtet, die schon seit seinem Kommen erleuchtet waren. Allerdings bemerkte er, dass sich hinter dem Haus ein Parkplatz befinden musste, denn ein Sportwagen bog dorthin ein und kurz darauf kam eine Frau von dort und ging ins Haus. Sie trug einen sommerlich kurzen Rock, obwohl sie nicht viel jünger als Völkel war. Es leuchtete Völkel ein, dass es für die Agentur und die anderen Firmen, die dort Büroräume gemietet hatten, Parkplätze hinter dem Haus geben musste, denn an der Kaiserstraße konnte man schlecht parken. Die wenigen eingezeichneten Parkboxen waren schnell besetzt.

Die Zeit tröpfelte dahin. Ein paarmal war Völkel kurz davor, seine Beobachtung abzubrechen, um nach Hause zu fahren, sich auf seinen Balkon zu setzen und in einem Buch zu lesen. Er hatte einen Roman eines Dortmunder Autors über Balzac zu lesen begonnen, der nach einer Lesung in einer Buchhandlung in Hörde in der Zeitung gut besprochen worden war. Balzac auf einer langen Zugreise zu seiner Geliebten in die Ukraine und darin eingeblendet Stationen seines Lebens, komische und geistreiche. Völkel hatte beim Lesen richtig Lust bekommen, sich danach mal wieder mit Romanen von Balzac zu beschäftigen.

Aber aus irgendwelchen Gründen, die ihm selber nicht klar waren, verschob er seine Absicht immer wieder. Sein Ehrgeiz hatte ihn gepackt, vielleicht konnte man es auch Jagdfieber nennen. Das Jagdfieber des alten Polizisten, der einfach kein Ende finden konnte.

Plötzlich fiel ihm ein Mann auf, der gar nicht weit entfernt von ihm stand. Er wusste zuerst selber nicht, was ihm an dem Mann aufgefallen war. Irgendwas war es gewesen, aber was? Der Mann tat so, als wartete er auf etwas, aber zwischendurch, wenn er glaubte, unbeobachtet zu sein, blickte er immer wieder zu dem Bürohaus hinüber, Völkel bemerkte es genau. Wenn er ein Kunde der Agentur war, konnte er doch rübergehen und dort seinen Auftrag – oder worum es auch immer ging – vortragen. Aber meistens liefen solche Sachen, vermutete Völkel, sowieso telefonisch.

Plötzlich überquerte der Mann die Straße und ging auf das Haus zu, aber nicht zum Eingang, sondern zum Seitenweg, von wo aus es zum Parkplatz ging. War er auch von dort gekommen? Egal, dann würde er jetzt sein Auto holen und im nächsten Moment verschwunden sein. Aber so lief es nicht, denn kurze Zeit später kam der Mann zurück. Völkel hatte jetzt Gelegenheit, ihn sich genauer anzusehen. Es war ein gedrungener Mann mit Halbglatze, der trotz des warmen Wetters ein Jackett trug. Irgendwie kam er ihm vage bekannt vor, aber wahrscheinlich hatte er einfach nur ein Allerweltsgesicht. Hatte der Mann etwas auf dem Parkplatz kontrolliert, wollte er auch die Rückseite des Hauses unter Kontrolle haben? Fast kam es Völkel so vor.

Plötzlich sah er, dass der Mann auch ihn bemerkt hatte. Völkel drehte sich betont langsam um, blickte hinüber zur Schule und dann auf die Uhr. Jetzt müsste für jeden klar sein, was er hier angeblich wollte. Sich sofort wieder umzudrehen, um zu sehen, wie der Mann sein Handeln aufgenommen hatte, wagte er nicht. Zeit lassen, dachte er, jetzt bloß nichts überstürzen.

Als er sich dann doch wieder zur Kaiserstraße umdrehte, stand der Mann wieder auf seinem alten Platz. Jetzt war es eindeutig, der Mann beobachtete das Haus. Und nicht nur das, sein Blick richtete sich immer wieder auf die Fensterreihe im ersten Stock. Völkel spürte, wie sich sein Pulsschlag beschleunigte. War es das, worauf er gehofft hatte? Hatte sich seine Vermutung bestätigt?

Oben hinter den Fenstern waren die Schatten von Menschen zu sehen, von den beiden Männern, die Völkel schon gesehen hatte. Vielleicht auch der von der Frau, die vor einiger Zeit hinaufgegangen war. Aus den Augenwinkeln bemerkte Völkel, dass der Mann alles ganz genau registrierte.

Dann ging er plötzlich hinüber und stellte sich ein Stückchen vom Eingang entfernt hin. Völkel überlegte, was das zu bedeuten hatte, dann begriff er. Wenn jetzt jemand aus dem Haus trat, wäre der Mann sofort hinter ihm. Hinter Starke, vermutete Völkel, denn allein um den konnte es gehen.

Jetzt schaffte es Völkel nicht mehr, zur Schule zu blicken und so zu tun, als wartete er auf jemanden. Gebannt starrte er hinüber. Hinter einem Fenster erschien noch mal die Silhouette des Mannes, den Völkel für Starke gehalten hatte, dann ging der Mann in den hinteren Bereich des Raumes. Wollte er jetzt runter kommen? Gleichzeitig sah er, dass der Mann auf dem Gehweg in die Innentasche seines Jacketts griff, etwas herausholte und damit zu hantieren begann. Was war das? War das ein Elektroschocker, mit dem er Starke, wenn er herauskam, in einem passenden Moment außer Gefecht setzen konnte? So wie er es vielleicht schon mit Holbein und Kühne getan hatte?

Völkel merkte, wie er seine innere Anspannung nicht mehr unterdrücken konnte. Um Gottes willen, wenn das stimmte, was er vermutete, dann würde gleich in seinem Beisein ein Verbrechen geschehen und er wäre der teilnahmslose Beobachter gewesen. Das ging nicht, das durfte er auf keinen Fall zulassen.

Völkel spürte plötzlich, wie er begonnen hatte zu laufen, und wusste im selben Moment, dass es falsch war, was er tat. Auf frischer Tat ertappen, das war sein Plan gewesen, aber jetzt war es zu spät, noch etwas zu ändern. Der Mann hatte längst bemerkt, dass jemand auf ihn zu gelaufen kam. Mit weit aufgerissenen Augen starrte er Völkel entgegen.

„Hören Sie, was machen Sie da?", rief Völkel und wusste im selben Moment, dass das der nächste Fehler war. Jetzt wusste der Mann endgültig, dass Völkel ihn für irgendetwas im Verdacht hatte. Einen Moment lang zögerte er noch, dann drehte er sich abrupt um und rannte die Kaiserstraße in Richtung Innenstadt davon. Hinterher! Völkel wusste nicht, ob er es nur gedacht oder sich selbst als Anfeuerung zugerufen hatte.

Der Typ hatte einen Vorsprung von gut zwanzig Metern, aber obwohl er klein und dicklich war, kam Völkel ihm keinen Schritt näher. Auf der Kaiserstraße war nicht viel los. Passanten, die ihm helfen konnten, waren nicht zu sehen. Einmal stand ihnen eine ältere Frau im Weg, aber sie war so wacklig auf den Beinen, das sie schon der schnelle Schritt zur Seite ins Straucheln brachte. Im letzten Moment konnte sie sich an der Hauswand abstützen. Der Typ kam ungeschoren an ihr vorbei, aber Völkel wurde von ihr einen Augenblick lang aufgehalten, weil sie sich umständlich wieder aufrichtete und dabei den halben Bürgersteig versperrte.

„He, was ist denn hier los?", rief sie Völkel hinterher.

Langsam näherten sie sich dem Ostwall, Dortmunds großem Umgehungsring. Was wäre, wenn der Typ in dem Verkehrsgewirr untertauchen könnte? Dann wäre die Spur verloren, auf die er so sehr gesetzt hatte, und zwar endgültig verloren.

Völkel beschleunigte seine Schritte und merkte, wie er immer mehr außer Atem geriet. Nein, gut in Form war er wirklich nicht, er hatte auch lange nicht mehr trainiert. Spaziergänge durch die Fußgängerzone oder den Zoo waren kein Ersatz dafür.

Der Mann überquerte jetzt plötzlich die Kaiserstraße. Wollte er in dem Viertel rund um die Prinz-

Friedrich-Karl-Straße abtauchen, dort, wo sich die Synagoge befand? Völkel kannte sich in dem Teil Dortmunds nicht aus. Wenn er da nur kurz die Orientierung verlieren würde, wäre der Kerl weg Aber als er den Bürgersteig der anderen Straßenseite erreichte, merkte er plötzlich, dass er dem Mann doch näher gekommen war. Vielleicht war ja nicht nur er untrainiert!

Der Mann schien auch zu merken, dass Völkel näher kam, denn er blickte sich plötzlich um, wodurch er weitere Meter von seinem Vorsprung verlor.

Ich kriege dich, dachte Völkel, glaub mir, noch ein paar Meter, dann habe ich dich.

Als der Mann in eine Seitenstraße einbog, war Völkel ihm schon so nahe, dass er seinen keuchenden Atem hörte. Noch ein paar Schritte, dann könnte er ihn am Kragen packen und dann, ja dann würde sich alles aufklären. Aber genau in dem Moment, als Völkel ihn erreicht hatte, als er die Jacke des Typen zu fassen bekam, drehte der sich plötzlich um und stieß mit etwas zu, das er in der Hand hielt.

Völkel riss seinen Arm zurück, aber es war zu spät. Deutlich spürte er einen Stich in den Unterarm. Was war das gewesen? Dann fiel ihm ein, dass Holbein auch einen Stich gespürt hatte, als er entführt worden war. Verdammt, war das etwa eine Spritze mit einem Betäubungsgift? Sollte er diesem Kerl jetzt auch in die Hände fallen? Entsetzt starrte er auf seinen Arm und entdeckte einen kleinen, roten Punkt. Im selben Moment hatte er das Gefühl, als würde ihn ein Schwindel erfassen. Schnell stützte er sich an einer Hauswand ab.

Als er merkte, dass sich der Schwindel nicht verstärkte, war der Kerl über alle Berge. Er konnte noch sehen, wie er in der Ferne um eine Häuserecke bog und im nächsten Moment verschwunden war.

Völkel gab es auf, den Typ würde er sowieso nicht mehr erreichen. Noch immer spürte er seinen hämmernden Puls. Vorsichtshalber blieb er noch einen Moment lang an die Hauswand gelehnt stehen. Nein, er spürte keinen Schwindel mehr. War das alles nur Einbildung gewesen, als er den Stich gespürt hatte, oder würde die Wirkung erst in ein paar Minuten einsetzen? Völkel spürte seine innere Unruhe. Was sollte er tun? Sollte er zum nächsten Arzt in der Nähe rennen und sich untersuchen lassen?

Quatsch, dachte Völkel, wenn es nichts wäre mit einem Betäubungsmittel, würde er sich nur lächerlich machen. Womöglich würde ihm der Arzt die Sache mit der Verfolgung eines Verbrechers sowieso nicht abnehmen und ihn sofort zum Neurologen schicken. Er beschloss zu warten. Sein Atem beruhigte sich, der Puls ging langsamer, er stand sicher auf seinen Beinen. Völkel atmete auf. Zum Glück war nichts passiert, außer dass ihm der Mann entwischt war. Jener Mann, von dem er vermutete, dass er auf Rachefeldzug war und ihn noch nicht beendet hatte. Denn für Völkel war klar, dass er versucht hatte, an Starke ranzukommen.

Der Mann war weg, das war das Blöde an der Sache, überlegte er, aber immerhin hatte er seine Theorie bestätigt. Es war also ein halber Erfolg, den er verbuchen konnte.

Schnell ging er zu seinem Auto zurück. Als er sich auf den Fahrersitz gesetzt hatte, rief er sofort Wolter an.

„Du musst sofort kommen", sagte er und spürte selbst, wie hektisch seine Stimme dabei klang, „ich habe etwas für dich. Ich bin jetzt sicher, die Fälle gehören zusammen. Und den Täter habe ich auch gesehen."

„Du hast ihn gesehen?", fragte Wolter.

„Ja, gesehen, aber nicht gepackt. Er ist mir entwischt. Komm zur Kaiserstraße, dann erzähle ich dir alles."

22.

Zwanzig Minuten später war Wolter da. Völkel sah, wie er langsam die Kaiserstraße hochgefahren kam und ihm zuwinkte, als er auf gleicher Höhe war. Kurz darauf saßen sie am Fenstertisch der Bäckerei, in der Völkel kurz zuvor noch allein gegessen hatte. Die

Verkäuferin wunderte sich, dass er so schnell wiedergekommen war.

„Hat Ihnen unser Käsebrötchen so gut geschmeckt?", rief sie ihm lachend zu.

Völkel liebte diese Art von Humor, den er im Ruhrgebiet häufiger antraf. Diesmal wollte er aber nur eine Tasse Kaffee, genau wie Wolter.

Noch bevor der Kaffee gebracht wurde, begann Völkel mit seinen Erklärungen.

„Wenn die Entführung und der Mord zusammenhängen", sagte er, „dann sind auch die anderen Teilnehmer der Orgien bei Kühne gefährdet. Denn diese Feiern, wie Holbein das nennt, sind die einzige Verbindung, die es zwischen diesen Leuten gibt. Und neben den beiden, gegen die schon ein Anschlag verübt wurde, gibt es noch zwei, die immer dabei waren. Hans Starke, der nebenan eine Werbeagentur betreibt, und Giesbert Bär, den Kommunalpolitiker."

Wolter nickte. „Doch, von diesem Bär habe ich schon gehört."

Völkel erzählte ihm nun, dass er auf die Idee gekommen war, einen der beiden zu beobachten. Wenn der Täter sich schon zwei vorgenommen hatte, würde er auch vor dem dritten und vierten nicht Halt machen. Er habe daher Starkes Agentur beobachtet und tatsächlich sei da plötzlich ein Mann aufgetaucht, der sich auffällig benommen hätte. Er hätte das Gelände um das Haus herum genau inspiziert und als Völkel das

Gefühl gehabt hatte, dass Starke gleich die Agentur verlassen und zu seinem Auto gehen würde, habe der Mann einen Gegenstand aus der Tasche geholt.

„Was denn für einen Gegenstand?", fragte Wolter.

„Na, einen Elektroschocker oder eine Spritze, ich stand zu weit weg, um das genau zu sehen."

„Das ist aber ein glücklicher Zufall, dass der Täter genau an dem Tag zuschlägt, an dem du beginnst, diesen Starke zu beschatten", warf Wolter ein. Völkel hörte deutlich seine Skepsis heraus.

„Überhaupt kein Zufall", entgegnete er, „denn zwischen Entführung und Mord lagen ähnlich viele Tage wie zwischen dem Mord und dem heute versuchten Anschlag. Vielleicht braucht der Täter diesen Zeitabstand."

Wolter nickte.

Völkel erzählte ihm nun von der Verfolgungsjagd und von dem Stich in den Arm, den er glaubte, gespürt zu haben. Selbst seine Angst, dass der Typ versucht haben könnte, ihn zu betäuben, ließ er nicht unerwähnt. Jedenfalls hätte er ihn gekriegt, wenn er nicht plötzlich diesen Stich gespürt hätte.

Wolter sah ihn prüfend an. Völkel begann, sich zu ärgern. Glaubte der etwa, dass er ihm Märchen erzählte? Glaubte er bei all den Indizien, die er inzwischen zusammengetragen hatte, immer noch nicht an Völkels Theorie?

„Gut", sagte Wolter schließlich, „gehen wir mal davon aus, dass deine Vermutungen richtig sind. Halbwegs schlüssig klingen sie ja."

Völkel grinste. Na also, Wolter wurde langsam vernünftig.

„Was sollen wir denn dann tun?", fragte er. „Willst du diesen Starke weiter observieren?"

„Nicht Starke", entgegnete Völkel, „der Typ hat gemerkt, dass ihm jemand bei Starke auf die Schliche gekommen ist. Starke kann im Moment nicht mehr auf der Liste des Täters stehen. Den wird er sich erst wieder vornehmen, wenn genügend Zeit verstrichen ist."

„Bleibt also Bär."

„Genau. Vielleicht hofft der Täter, dass wir sein gesamtes Strickmuster noch nicht durchschaut haben. Dann kann er hoffen, dass er es mit Bär genauso machen kann wie mit Holbein und Kühne."

„Du meinst also, dass wir Bär beschatten müssen."

„Ja, genau das meine ich."

„Glaubst du, dass es der Vater von dieser Anja Schneider sein könnte?"

„Ich weiß es nicht. Ich kenne den Mann ja nicht und habe ihn auch nur kurz gesehen, bis auf wenige Sekunden sogar nur aus der Ferne. Aber möglich wäre es. Kannst du mir nicht ein Foto von dem Mädchen besorgen?"

„Willst du es auf Ähnlichkeiten überprüfen?"

„Das auch. Aber wenn ich mir eine klare Vorstellung von ihr machen kann, sagt mir mein Instinkt vielleicht, ob ich auf der richtigen Spur bin oder nicht."

Wolter grinste.

„Du hast vielleicht Methoden! Der neueste Stand der Kriminaltechnik ist das jedenfalls nicht. Aber mal sehen, was sich machen lässt. Die jungen Leute hinterlassen heutzutage ja überall ihre Spuren, in den sozialen Netzwerken vor allem. Vielleicht finden wir auch die Schule raus, die sie besucht hat, und die haben dort ein Foto, auf dem sie abgebildet ist."

Völkel nickte. „Macht das."

„Das kann aber einen oder zwei Tage dauern."

„Nicht schlimm."

Wolter sah ihn erstaunt an. „Wie, nicht schlimm? Ich denke, Bär ist in Gefahr und muss dringend beschattet werden?"

„Aber nicht sofort. Der Täter hat heute zum ersten Mal erlebt, dass etwas schiefgelaufen ist, davon muss er sich erst mal erholen. Außerdem hat er zwischen seinen einzelnen Anschlägen immer ein paar Tage gebraucht, um sich vorzubereiten, sich innerlich darauf einzustellen oder was weiß ich."

„Langsam kommst du mir so vor, als wenn du den Täter doch kennst", sagte Wolter schmunzelnd.

Es war eine Bemerkung, die Völkel aufhorchen ließ. Ja, es stimmte. In all den Tagen, in denen er zuerst die Spur gesucht und dann verfolgt hatte, hatte er sich, ohne dass es ihm selber bewusst war, ein Bild von dem Täter gemacht, wenn es auch noch reichlich verschwommen war.

„Allerdings, so vermute ich, wird der Zeitabstand zwischen den Taten diesmal nicht so groß sein."

Wolter grinste. „Hat er dir das gesagt?"

„Nun hör doch mal auf mit deinen blöden Witzen und überleg stattdessen selber. Alles war vorbereitet für Starke, ihn wollte er sich jetzt packen, aber er hat ihn nicht gekriegt. Neue Vorbereitungen kann er sich also ersparen, er muss sich nur von seinem Schock erholen und sich dann den letzten packen, den er auf seiner Liste hat."

„Und was meinst du, wie lange das dauert?"

„Was weiß ich? Zwei Tage bestimmt. Vielleicht drei, vielleicht auch vier."

„Also Donnerstag bis Samstag. Das geht, da kann ich mich auf eine Beschattung einlassen, ohne dass groß auffällt, dass ich nicht im Präsidium bin."

„Wir können uns ja abwechseln", schlug Völkel vor, „du die halbe Schicht und ich die andere."

Wolter sah ihn mit zusammengekniffenen Augen an.

„Genau mit dem Vorschlag hatte ich gerechnet", sagte er, „und du weißt genau, was ich darauf erwidern muss."

„Deshalb sagst du besser gar nichts. Du beobachtest ihn halt ein paar Stunden, und wenn ich die restliche Zeit in Bärs Nähe bin, ist das doch allein meine Sache."

„Aber informiere mich sofort, wenn was los ist."

„Ist klar. Und übrigens glaube ich, dass wir die Beschattungstage noch weiter einengen können. Es muss ein Werktag sein, wer weiß, was Leute wie Bär am Wochenende machen. Bestimmt ist es dann schwer, an sie heranzukommen."

Sie standen auf, Völkel ging zur Kuchentheke und übernahm die Rechnung. Mal wieder. An der Tür drehte sich Wolter noch mal um. „Ich melde mich, wenn ich ein Foto von dieser Anja habe", sagte er, „und dann teilen wir uns zu Zeiten ein, an denen wir uns an Bärs Fersen heften."

23.

Er war so lange gerannt, bis er sicher gewesen war, den Verfolger abgehängt zu haben. Er war ihm tatsächlich nahe gekommen, dieser Mann, verdammt nahe sogar, so dass er schon geglaubt hatte, es wäre aus und er könnte seinen Auftrag nicht mehr erfüllen. Aber Gott sei Dank war ihm im letzten Moment, als er schon die Hand des Kerls an seiner Schulter gespürt hatte, eingefallen, dass er ja die Spritze dabei hatte. Und tatsächlich, kurz nach dem Stich hatte er keine Schritte mehr hinter sich gehört. Zur Vorsicht war er aber noch ein Stück weitergerannt, bis er es gewagt hatte, sich umzublicken. Nein, da war niemand mehr gewesen, der hinter ihm her war. Sofort hatte er abgebremst und war nur noch schnell gegangen. Ein Mann in seinem Alter, der rannte, fiel auf und das hatte er auf keinen Fall gewollt. Andererseits war es wichtig gewesen, sich so schnell wie möglich aus dem Staub zu machen. Weg von diesem Ort, an dem er überrascht worden war, raus aus der Situation, die ihn erschreckt hatte.

Er hatte lange gebraucht, um seinen keuchenden Atem zu beruhigen, der Schweiß hatte ihm auf der Stirn gestanden. So schnell zu rennen, und das noch an so einem heißen Tag, hatte ihn mitgenommen.

Was war das überhaupt für ein Mann gewesen, der da plötzlich auf ihn zugestürmt war? Wieso war der plötzlich da gewesen? War er ihm etwa auf die Schliche gekommen? Nein, das konnte nicht sein. Woher sollte er wissen, was er mit Starke vorhatte? Aber weshalb sonst war er aufgetaucht?

Egal, er wollte nicht weiter darüber nachdenken. Wichtig war gewesen, so schnell wie möglich zu seinem Auto zurückzukommen, das er auf dem großen Parkplatz am Ostwall, gegenüber vom Museum, geparkt hatte. Wenn sein Plan geklappt hätte, hätte er diesen Starke mit dessen eigenem Auto zu dem abgedunkelten Raum gebracht, in dem schon alles vorbereitet war. Dort hätte er ihn festgebunden und anschließend das Auto wie beim letzten Mal irgendwo entsorgt, danach hätte er sein eigenes abgeholt. Es war leicht, zum Parkplatz am Ostwall zu gelangen, er musste nur mit der S-Bahn bis zur Reinoldikirche fahren. Von dort aus war es nicht mehr weit.

Aber das hatte ja leider nicht geklappt, zum zweiten Mal war bei seinen Aktionen etwas schiefgelaufen. Einmal hatte er sich selbst im Weg gestanden, jetzt war ihm jemand von außen dazwischengekommen und hatte seinen Plan durchkreuzt. Blöd war das gewesen, er ärgerte sich. Er hatte einen Auftrag zu erfüllen, sie hatte ihm gesagt, dass er das tun müsse. Und er wusste, sie würde es irgendwie mitbekommen, wenn es ihm gelungen war. Sie wartete darauf, dass er den Auftrag erledigte, da war er sich sicher. Erst dann könnten sie beide zur Ruhe kommen, sie in ihrer Welt, er in seiner. Obwohl, dass er jemals wieder zur Ruhe kommen würde, daran glaubte er nicht. Sein Leben würde leer bleiben, leer und kalt. Etwas anderes erwartete er nicht.

Deshalb war ihm sofort klar gewesen, dass er seinen Plan nicht aufgeben durfte. Gut, mit diesem Starke konnte er nicht sofort weitermachen, das war klar. Erst mal musste Gras über die Sache wachsen, dann würde er weitersehen. Aber da war noch der andere, dieser vierte. Er sollte eigentlich zuletzt dran kommen, weil er fürchtete, dass es um ihn herum zu viel Wirbel geben könnte, der es schwer machte, an ihn heranzukommen. Wenn bei dem etwas schiefgehen würde, hatte er gedacht, hätte er wenigstens die drei anderen Fälle erledigt. Nun musste er seinen Plan umstellen, aber das erforderte nicht viel Zeitaufwand. Er hatte diesen vierten ja auch schon beobachtet und wusste, wie und an welcher Stelle er ihn sich packen konnte. Es gab da nicht viele Gelegenheiten, der Kerl hatte dauernd irgendwelche Personen im Schlepptau, mit denen er beruflich zu tun hatte, dazu Leute aus seiner Partei, die sich was von ihm versprachen. Die hofften, durch ihn, diesen Dreckskerl, weiterzukommen.

Ja, jetzt war er dran. Sobald das geklappt hatte, würde er den zweiten Anlauf mit Starke starten. Und dann, dann würde er zu ihr gehen, zu ihrem Grab.

Ich habe es erledigt, würde er ihr sagen. Die Typen haben gekriegt, was sie verdient haben, und du, du könntest zurückkommen. Ach, wenn das doch ginge, dass du zurückkommst. Wie glücklich würde ich dann noch einmal werden.

24.

Am Mittwoch brachte Wolter noch kein Foto von Anja Schneider vorbei, auch in seiner Mailbox fand Völkel nichts. Er war nicht beunruhigt deshalb. Nach seinen Überlegungen musste der Täter noch dabei sein, sich von dem Schrecken zu erholen, den Völkel ihm eingejagt hatte. Ob er es morgen schon wagen würde, zum nächsten Schlag auszuholen? Völkel glaubte eher daran, dass er Freitag zuschlagen würde, aber darauf wollte er sich nicht verlassen. Deshalb hatte er schon gestern Abend alles rausgesucht, was er über Giesbert Bär finden konnte, um sofort loslegen zu können, falls das nötig wäre. Bär hatte eine Rechtsanwaltskanzlei an der Kuckelke, gar nicht weit entfernt vom Rathaus. Praktisch für ihn, dachte Völkel, so konnte er Beruf und politische Arbeit ohne große Zeitverluste miteinander verbinden. Seine Wohnung aber hatte er in einem ruhigen Vorort, in Körne in der Nähe der Spreestraße nämlich. Völkel kannte die Gegend nicht, an einen Polizeieinsatz im Umfeld dieser Straße konnte er sich nicht erinnern. Klar, Völkel hatte nichts anderes erwartet. Jemand wie Bär suchte sich ein ruhiges Wohnumfeld.

Es gab sogar ein paar Fotos von ihm im Internet. Sie zeigten einen grauhaarigen Mann von etwa Mitte vierzig, der schlank war und ein markantes Kinn hatte. Er hatte noch volles Haar, auf manchen der Fotos fiel ihm eine Haartolle in die Stirn.

Auch wenn er noch nicht mit der nächsten Aktion des Täters rechnete, merkte Völkel doch, wie er im Laufe des Vormittags immer nervöser wurde. Nein, in seiner Wohnung würde er es auf keinen Fall den ganzen Tag über aushalten. Er rief deshalb Anita an und fragte vorsichtig, ob sie gerade viel zu tun hätte.

„Willst du vorbeikommen?", fragte sie und wartete seine Antwort gar nicht erst ab. „Ja, dann komm. Ich habe mir gestern Lammkoteletts besorgt, die ich mir gleich zubereiten werde. Zwei oder drei davon kann ich an dich abtreten."

Eine gute Stunde später saßen sie zusammen in Anitas Küche. Die Lammkoteletts schmeckten wirklich hervorragend, Völkel trank sogar ein Glas Weißwein dazu, was ungewöhnlich für ihn war. Alkohol gegen Mittag war eigentlich nicht seine Sache, außerdem trank er sowieso lieber Bier. Aber Anita meinte es gut mit ihm und bedrängte ihn sanft. Und Völkel merkte schnell, dass dieses Essen genau die richtige Ablenkung für ihn war.

Danach zeigte sie ihm ihre Bruterfolge bei den Vögeln. Zwei Nymphensittiche waren geschlüpft. Nach dem Kaffee am Nachmittag wollte Völkel aber wieder nach Hause. Die innere Unruhe hatte ihn wieder gepackt. Was wäre, wenn Wolter, aus welchen Gründen auch immer, seine Hilfe brauchte?

Anita wurde für einen Moment misstrauisch.

„Was ist los? Läuft da eine Sache, von der ich nichts wissen darf?"

Schnell erzählte er etwas von seinem letzten Zoobesuch und wie herrlich es gewesen war, die Tiere zu beobachten, und dass doch heute auch wieder so ein schönes Wetter sei.

Als er nach Hause fuhr, hatte er das Gefühl, Anita halbwegs beruhigt zu haben. Er musste grinsen, als er daran dachte. Früher hatte er mit Kathrin nur eine Frau in seinem Umfeld gehabt, die glaubte, auf ihn aufpassen zu müssen. Jetzt waren es zwei.

In seiner Mailbox fand er auch jetzt keinen Hinweis von Wolter. Also zwang er sich zu einer Ablenkung. Er entschied sich, weiterzulesen in dem Roman über Balzac, und merkte schnell, dass das genau die richtige Entscheidung gewesen war. Der Roman nahm ihn mit in eine längst vergangene Epoche und ließ ihn für längere Zeit alles andere um ihn herum vergessen.

Am anderen Morgen rief Wolter schon früh an und wollte ihn sprechen. Völkel schlug ein Café an der Kuckelke vor, ganz in der Nähe der Reinoldikirche.

„Ich weiß, warum du dorthin willst", sagte Wolter, „ich habe inzwischen auch Informationen über Bär gesammelt."

Kurze Zeit später saßen sie dort an einem der Außentische. Über Nacht hatte es einen leichten Temperatursturz gegeben. Der Himmel war bewölkt, es war längst nicht mehr so warm wie an den letzten Tagen, aber immer noch angenehm. Völkel hatte sich trotzdem eine leichte Jacke angezogen.

„Es war gar nicht so einfach, ein Foto von dieser Anja Schneider zu bekommen", erklärte Wolter. „Bei Facebook war sie entweder nicht oder ihr Eintrag ist gelöscht worden. Dann hat es eine Zeit lang gedauert, bis wir die Schule rausgefunden hatten, an der sie Abi gemacht hat. Aber auch die hatten kein Foto von ihr, uns aber immerhin die Adresse ihrer besten Freundin gegeben. Die studiert inzwischen in Regensburg, aber sie hat ein Foto eingescannt und uns zugeschickt."

Wolter reichte ihm das Foto. Es zeigte ein hübsches, schwarzhaariges Mädchen mit einem runden Gesicht und einem unschuldigen Lächeln. Auf die Idee, dass sie bei Kühnes Schweinereien mitgemacht haben könnte, wäre er niemals gekommen. Aber gut, man sah den Menschen nicht an, wozu sie fähig waren, Völkel konnte darüber Bände an Geschichten erzählen. In Gedanken verglich er das Foto mit seiner Erinnerung an den Mann, den er verfolgt hatte, aber er konnte keine Übereinstimmung feststellen. Nein, der Typ hatte ganz anders ausgesehen. Wenn das seine Tochter war, musste sie nach der Mutter kommen. Wolter schien seine Gedanken zu erraten.

„Nun", fragte er, „was sagt dir dein Instinkt?"

Völkel schüttelte den Kopf. „Nichts", sagte er, „rein gar nichts." Als er das leise Grinsen in Wolters Gesicht bemerkte, fügte er schnell hinzu: „Aber das will nichts heißen."

„Natürlich nicht." Wolters Ironie war nicht zu überhören.

Völkel sagte nichts dazu. Warte mal, dachte er, ob du auch noch so überheblich bist, wenn sich meine Vermutungen bestätigen.

„Komm, wir müssen anfangen", sagte er stattdessen, „wir müssen Giesbert Bär beschatten."

Auch von ihm hatte Wolter ein Foto dabei und gab es ihm.

„Damit du weißt, wen du da beschattest."

Ich habe mir schon selber Fotos von dem angesehen, wollte Völkel sagen, da merkte er, dass Bär auf diesem hier deutlich anders aussah als im Internet. Das Gesicht sah voller, fast ein wenig aufgedunsen aus, die grauen Haare waren kürzer, Geheimratsecken traten hervor.

Völkel sah Wolter erstaunt an. „Im Internet sah der aber anders aus."

Wolter grinste. „Marketing, mein Lieber, alles Marketing. Als Politiker musst du dich immer von der Schokoladenseite zeigen. Dieses Foto zeigt den wahren Bär, die anderen sind eher Politwerbung."

Völkel steckte beide Fotos ein. Man konnte nie wissen, wozu das noch mal gut sein würde.

„Pass auf", sagte er, „ich übernehme die Frühschicht und fange an, Bärs Kanzlei zu beobachten. Gegen Mittag löst du mich ab, am späten Nachmittag komme ich wieder vorbei.

Wolter nickte. „Einverstanden. Dann wollen wir mal feststellen, ob Bär auch in seiner Kanzlei ist."

Er holte sein Handy aus der Hosentasche, wählte eine Nummer und bat im nächsten Moment darum, Rechtsanwalt Bär sprechen zu dürfen. Danach zögerte er noch einen Moment lang, dann drückte er das Gespräch weg.

„Die Sekretärin wollte mich mit ihm verbinden, also ist er da", sagte er.

Völkel nickte erstaunt. Daran hatte er gar nicht gedacht, auch bei Starke hatte er sich vorher nicht erkundigt, ob der in seiner Agentur war. Manchmal hilft halt der Zufall, tröstete er sich. Er beschrieb ihm noch mal den Mann, den er verfolgt hatte, dann trennten sie sich.

Kurze Zeit später stand Völkel vor der Kanzlei, die sich an der Ecke Kuckelke und Olpe befand. Das war gut, denn dort in der kleinen Seitenstraße Olpe gab es immer genügend freie Parkplätze, auf denen er sein Auto in Reichweite abstellen konnte. Ein paar Minuten später hatte er es so geparkt, dass er es mit wenigen Schritten erreichen konnte. Völkel wechselte nach einiger Zeit die Straßenseite, stellte sich dort in den Schatten eines Baumes und hatte das Haus mit Bärs Kanzlei gut im Blick. Als ihm seine Beine wehtaten, ging er ein Stück die Straße hinunter und setzte sich dort auf eine Bank. Gute Idee von der Stadt, hier so nah der Fußgängerzone Bänke aufzustellen, dachte er.

Er achtete bei seinen Beobachtungen weniger auf die Kanzlei als vielmehr auf die Männer, die sich dem

Haus näherten oder die an ihm vorbeigingen. Anfangs war er noch ziemlich sicher, dass irgendein Mann, der an der Straßenecke stand, nicht der Täter sein konnte. Nach vielen Männern aber, die dort standen oder vorbeigingen, verschwammen seine Erinnerungen und er brauchte seine Zeit, um sich seines Urteils sicher zu sein.

Die Stunden vergingen langsam. Manchmal kamen an seiner Bank Leute vorbei, die schon vorher in anderer Richtung vorbeigekommen waren. Erstaunt sahen sie ihn an, wenn sie sich erinnerten. Was, du bist immer noch da, schienen sie ihn fragen zu wollen. Was gibt es denn so Gutes, dass man hier solange rumsitzen kann.

Gegen halb eins kam Wolter. Völkel schüttelte den Kopf. „Nichts", sagte er, bevor Wolter etwas fragen konnte. „Es ist keiner aufgetaucht, der dem ähnlich sah, den ich verfolgt habe."

Wolter nickte.

„Geh jetzt was essen", sagte er, „oder ruhe dich zu Hause auf dem Balkon aus."

Aber Völkel hatte keine Ruhe dazu, um sich in den Liegestuhl auf seinem Balkon zu legen. Er würde sowieso alle paar Minuten aufspringen, um irgendwas zu tun.

Er fuhr stattdessen zur Zeche Zollern, dem schönsten Zechenmuseum im Ruhrgebiet. Er schlenderte zwischen den einzelnen Gebäuden herum, ging in die

Halle, in denen die Bergleute früher ihren Lohn empfangen hatten, und sah noch einmal, dass sie sich vor dem Schalter, an dem ausgezahlt wurde, hatten bücken müssen. In Demutshaltung hatten sie ihren kargen Lohn überreicht bekommen. Er kletterte auch hoch zum Leseband, an dem junge Bergleute, nicht älter als fünfzehn, und alte, verbrauchte Bergleute bei ohrenbetäubendem Lärm die Steine aus dem Strom der Kohle rausgesucht hatten. Dann ging er hinüber zum Pferdestall, der zu einer schönen Gastronomie umgebaut worden war. Hier trank er im Schatten des Förderturms an einem Außentisch eine Tasse Kaffee.

Schon gegen halb vier begann er, nervös zu werden, obwohl er sich einzureden versuchte, dass der Täter erst morgen zuschlagen würde. Aber ganz sicher war er sich nicht. Kurz vor vier bezahlte er schnell und beeilte sich, zu seinem Auto zu kommen. Gut zwanzig Minuten später war er wieder an der Olpe.

Wolter hatte es sich auch auf der Bank gemütlich gemacht und aß Pommes aus einer Tüte.

„Mein Gott, du bist aber schnell wieder da", rief er, als er Völkel kommen sah. „Mach dir doch keine Sorgen, ich passe schon auf."

„Klar passt du auf, aber ich dachte mir, ich sollte dich nicht zu lange mit dieser Sache aufhalten. Es sind ja meine Überlegungen und wenn die falsch sein sollten, habe ich dich für zwei oder noch mehr Tage aus dem Verkehr gezogen. Das hat mir keine Ruhe gelassen."

„Oh, wie fürsorglich", spottete Wolter, „ich werde dich bei Gelegenheit wieder daran erinnern."

Auch er hatte während der Zeit, die er hier verbracht hatte, nichts Ungewöhnliches bemerkt. Es hatte sich kein Mann besonders lange und schon gar nicht auffällig vor der Kanzlei von Bär aufgehalten. Eine Zeit lang saßen sie schweigend nebeneinander auf der Bank, dann stand Wolter schließlich auf.

„Gut, mach du den Rest für heute, ich erledige inzwischen ein paar andere Dinge. Aber melde dich rechtzeitig, falls dir etwas merkwürdig vorkommt. Selbst wenn es Fehlalarm sein sollte, ist es immer noch besser, ich rücke vergeblich aus, als dass dir was passiert."

„Oh, wie fürsorglich", spottete jetzt Völkel.

Die Zeit wurde ihm lang, nachdem Wolter gegangen war. Immer nur fremden Leuten nachschauen, selbst wenn ein paar hübsche Frauen darunter waren, war auf Dauer nicht erhebend. Er begann, sich selber Vorwürfe zu machen. Bist doch selber schuld, dass du hier sitzt, sagte ihm eine innere Stimme. Warum musst du dich in solche Sachen einmischen? Ja, warum musste er? Er war der Meinung, dass er es gar nicht bewusst tat. Irgendwie rutschte er immer wieder in solche Geschichten rein.

Plötzlich trat ein Mann aus der Kanzlei, der Völkel bekannt vorkam. Schnell zog er die Fotos aus der Tasche. Ja, es war Bär, da war er sich sicher, obwohl der Mann ihm jetzt, da er leibhaftig vor ihm stand, noch korpulenter vorkam, als es das Foto erwarten ließ. Bär blieb einen Moment lang vor der Tür stehen und atmete ein paarmal tief durch, offensichtlich erleichtert, den anstrengenden Arbeitstag hinter sich zu haben. Dann drehte er sich abrupt um und lief in die Olpe. Völkel sprang auf und ging hinterher. Jetzt durfte er den Mann auf keinen Fall aus den Augen lassen. Bär betrat ein kleines Parkhaus, Völkel nutzte die Zeit, um in sein eigenes Auto zu steigen. Wenn Bär rausfuhr, würde er sofort hinter ihm sein. Die Wartezeit nutzte er, um sich umzublicken. Wartete hier noch ein anderer Mann in einem Auto, um Bär folgen zu können? Nein, er konnte nichts Auffälliges entdecken.

Es war ein BMW, der plötzlich aus dem Parkhaus kam, Völkel hatte ein Auto in dieser Kategorie erwartet. Der Mann fuhr zügig in Richtung Wall, dann bog er ab auf die alte B1. Es war klar, er wollte nach Körne.

Völkel hatte gar nicht gewusst, wie viele Ampeln es auf dieser Straße gab, dauernd stand er vor einer. Ampeln an Kreuzungen, an Zebrastreifen, die Straße kam ihm wie zerschnitten vor. Meistens konnte er es so einrichten, dass sich zwischen Bärs BMW und seinem Hyundai noch ein anderes Auto befand. Bloß nicht auffallen, dachte Völkel, weder bei Bär noch bei dem möglichen Täter. Der Erfolg seiner Strategie hing wesentlich davon ab, dass niemand mit seinem Eingreifen rechnete.

Schließlich kamen sie in die Nähe von Körne, Bär bog nach rechts ab und kurz darauf parkte er vor einer ansehnlichen Villa. Es war ein älteres Gebäude mit Verzierungen aus der Gründerzeit, aber sehr schön restauriert. Das helle Gelb der Fassade strahlte Wärme aus. Völkel parkte seinen Wagen in einem Abstand von gut fünfzig Metern auf dem Seitenstreifen, ganz in der Nähe eines Sportplatzes. Als Bär beim Aussteigen kurz in seine Richtung blickte, duckte er sich rasch hinter dem Steuer. Kurz darauf war Bär in seinem Haus verschwunden.

Wieder warten, Völkel war es inzwischen leid geworden. Er legte eine CD ein, es war Klezmer-Musik von einer Dortmunder Band. Ey, Romänia, Romänia. Völkel summte die Melodie mit. Man hörte der Musik an, dass sie auf Hochzeiten gespielt worden war. Genau das Richtige, um nicht in Trübsal zu verfallen.

Es war eine stille Straße, nur wenige Passanten kamen vorbei, niemand von ihnen beachtete das parkende Auto. Völkel merkte, wie es ihm immer schwerer fiel, die Konzentration aufrechtzuerhalten. Seine Gedanken schweiften ab, sein Blick wanderte hinüber zum Sportplatz, wo ein paar Läufer einsam ihre Runden drehten. Sollte er die Aktion abbrechen und auf morgen setzen, auf den Freitag, den er sowieso favorisiert hatte?

Plötzlich bemerkte er, dass schräg gegenüber von Bärs Haus ein Auto geparkt hatte. Als er zum letzten

Mal dorthin geblickt hatte, war es noch nicht da gewesen, ohne ihm aufzufallen war es aufgetaucht. Hatte das was zu bedeuten? Angestrengt blickte er hinüber. Ja, da saß ein Mann hinter dem Steuer, aber er konnte nicht erkennen, wie er aussah, weil sich sein Gesicht im Schatten befand. Trotzdem hatte er das Gefühl, als würde der Mann zum Haus von Bär hinüberschauen. Erwartete er etwas, kannte er vielleicht sogar Bärs Gewohnheiten? Sofort war Völkel wieder hellwach. Wenn jetzt Bär aus dem Haus tritt, dachte er, dann ist die Situation da, die ich seit Tagen erwartet habe. Schnell griff Völkel zu seinem Handy und drückte die eingespeicherte Nummer von Wolter. Gott sei Dank meldete der sich sofort.

„Komm schnell zu Bärs Haus", rief er vor Aufregung viel zu laut, „ich glaube, hier passiert was."

Minuten verstrichen, dann trat Bär tatsächlich aus dem Haus, eine Sporttasche in der Hand. Der will zum Training, Tennis oder etwas in der Art, dachte Völkel. Und der Mann dort drüben im Auto, der jetzt ganz eindeutig zu Bär hinüberschaute, hatte das gewusst.

Tatsächlich stieg der Typ jetzt aus seinem Auto. Bär konnte ihn nicht bemerken, denn er war damit beschäftigt, seinen Kofferraum zu öffnen, um die Sporttasche dort abzustellen. Genau in dem Moment, als er sich nach vorn beugte, um irgendetwas im Kofferraum zu ordnen, ging der andere Mann mit raschem Schritt auf ihn zu. Völkel stieß seine Autotür auf, sprang aus dem Wagen und rannte hinüber. Jetzt, das begriff er, durfte er keinen Moment lang mehr zögern. Er sah, wie sich der Mann bis auf zehn Meter Bär genähert hatte, dabei etwas in der Hand hielt, das Völkel nicht erkennen konnte.

Oh Gott, wenn er zu spät geschaltet hatte, schoss es ihm durch den Kopf, wenn der Mann Giesbert Bär etwas antat, bevor er eingreifen konnte, dann war alles, was er geplant hatte, vergeblich gewesen. Er versuchte, seine Schritte zu beschleunigen, aber es brachte nicht viel. Er war langsam geworden für einen Spurt, viel zu langsam.

Jetzt hatte der Mann nur noch etwa fünf Meter Abstand zu Bär. Immerhin war Völkel ihm noch nicht aufgefallen, obwohl dessen Schritte auf der Straße hallten. Zu sehr war der Mann auf Bär und auf das, was er mit ihm vorhatte, konzentriert. Alles kam nun darauf an, dass Völkel eingreifen konnte, bevor der Mann Bär erreichte. Jetzt stand er direkt hinter ihm, hob seine Hand mit dem Gegenstand darin und wollte sich zu Bär herunterbeugen, der noch immer über den Kofferraum gebeugt mit seiner Sporttasche beschäftigt war. Da musste er plötzlich Völkels Schritte gehört haben. Erschrocken blickte er sich um, starrte ihm entgegen, und Völkel wusste im selben Moment, dass er das Gesicht schon einmal gesehen hatte. Aber wo, verdammt, das wollte ihm nicht einfallen.

213

Im nächsten Moment hatte er den Mann erreicht und stieß ihm, so fest es ging, mit beiden Händen gegen die Brust, so dass der Typ ins Taumeln geriet. Der Mann wankte nach hinten, aber er fiel nicht hin. Im selben Moment begriff er, dass nicht mehr Bär sein Hauptgegner war, den es auszuschalten galt, sondern Völkel. Sein Gesicht verfinsterte sich, er richtete das Ding, das er in der Hand hielt, gegen ihn und kam auf ihn zu. Um Gottes willen! Völkel sah, dass es ein Elektroschocker war. Wenn er jetzt nicht aufpasste und es ihm nicht gelang, den Angriff abzuwehren, würde er einen Stromschlag verpasst bekommen, der ihn sofort niederstreckte. Normalerweise waren Elektroschocker zwar nicht tödlich, aber in seinem Alter musste er auch damit rechnen. Und wer weiß, was der Mann tun würde, wenn Völkel erst mal bewusstlos am Boden lag.

Der Mann streckte ihm seinen Arm mit dem Elektroschocker entgegen und drohte, jeden Augenblick damit zuzustoßen, da sprang Völkel, ohne dass er das durchdacht hatte, ihm mit einem Satz entgegen, bekam seinen Arm zu fassen und drückte ihn nach hinten.

Bär hatte noch immer nichts von dem mitbekommen, was sich in seinem Rücken abspielte. Er war damit beschäftigt, in seinem Kofferraum Platz für die Sporttasche zu schaffen.

Völkel merkte, wie kräftig der Mann war. In dem Moment, als er ihn überrascht hatte, war es ihm noch gelungen, dessen Arm nach hinten zu biegen. Jetzt spürte er den Gegendruck, dem er nur mit Mühe standhalten konnte. Immer näher kam der Elektroschocker seinem Hals, immer mehr spürte er, wie ihm die Kräfte schwanden.

Da bemerkte auch Bär etwas, erstaunt drehte er sich um. Aber anstatt einzugreifen und Völkel zu helfen, starrte er nur verständnislos auf die Szene, die sich vor seinen Augen abspielte.

„Was ist denn hier los?", rief er. „Was machen Sie denn da?"

War der blöd? Völkel schaffte es nicht, zu antworten, zu sehr brauchte er alle Kräfte, um den Arm mit dem Elektroschocker von sich fern zu halten. Aber er merkte, wie seine Kräfte erlahmten, wie er mehr und mehr nach hinten gedrängt wurde, bis er plötzlich den Halt verlor und auf die Straße stürzte. Bevor er sich aufrappeln konnte, war der Kerl schon über ihm, den Elektroschocker noch immer in der Hand. Nur noch ein paar Zentimeter war er von Völkels Hals entfernt, aber noch einmal schaffte er es, die Hand des Mannes festzuhalten. Lange, das wusste er, würde er dem Druck nicht mehr standhalten. Noch ein paar Sekunden, dann würde der Stromschlag durch seinen Körper zucken und der Kerl hätte ihn endgültig erledigt.

Bär schien noch immer nichts von dem zu begreifen, was sich vor ihm abspielte. Wie gebannt stand er vor dem geöffneten Kofferraum und blickte mit weit aufgerissenen Augen auf die beiden, die vor ihm auf dem

Boden lagen und von denen der eine um sein Leben kämpfte.

„Nun helfen Sie doch!", schrie Völkel. „Sie sehen doch, was hier passiert."

Aber auch jetzt griff er nicht ein. Verdammt, Völkel hätte heulen können vor Wut. Um diesen Blödmann zu retten, lag er doch hier im Dreck, und wegen ihm würde er vielleicht jeden Moment sein Leben verlieren. Fast glaubte er, das kalte Metall des Elektroschockers am Hals zu spüren, noch einmal bäumte er sich mit aller Kraft auf, da sah er plötzlich, wie der Typ mit einem kräftigen Fußtritt umgestoßen wurde. Mit schmerzverzerrtem Gesicht lag er plötzlich einen guten Meter von ihm entfernt.

Völkel begriff zuerst nicht, woher dieser Tritt gekommen war, denn Bär stand noch immer bewegungslos vor ihm, dann sah er plötzlich über sich Wolters grinsendes Gesicht.

„War nicht schlecht, dass ich bei deinem Anruf grad nebenan im Vorort Wambel war", meinte er. Dann trat er noch einmal zu und der Elektroschocker flog in hohem Bogen auf den Bürgersteig. Kurz darauf hatte er dem Mann Handschellen angelegt.

Völkel erhob sich mühsam, auf Bärs wiederholte Fragen, was das alles zu bedeuten hätte, reagierte er gar nicht. Auch Wolter sah keinen Anlass, auf Bärs Fragen zu antworten, sondern riss den gefesselten

Mann hoch und lehnte ihn gegen die Hintertür des BMW.

„War das der Mann, den du verfolgt hast?", fragte er.

Völkel sah ihn sich genau an, den gedrungenen Körper, die Halbglatze, aber bevor er antwortete, fiel ihm plötzlich ein, woher er den Mann außer von der Verfolgungsjagd bei Starke noch kannte. Tatsächlich, den hatte er vorher schon mal gesehen.

Er nickte nur kurz, dann griff er zu seinem Handy und rief Dörthe Kohler an. Sie meldete sich, aber sie schien abgelenkt zu sein. Völkel erinnerte sie an seinen Besuch und erklärte, dass er eine wichtige Frage hätte, die sie ihm beantworten sollte.

„Aber beeilen Sie sich", antwortete Dörthe Kohler, „ich habe zu tun."

Es war klar, was sie meinte, selbst nach der lebensbedrohlichen Situation, die Völkel gerade erlebt hatte, konnte er ein Grinsen nicht unterdrücken.

„Erinnern Sie sich noch an den Gast, der direkt nach meinem Besuch zu Ihnen gekommen war?", fragte er.

„Nicht direkt, wen meinen Sie?"

Im Hintergrund hörte Völkel das leise Stöhnen eines Mannes. Offensichtlich wusste Dörthe Kohler, wie sie den Mann trotz des Telefongesprächs bei Laune halten konnte.

„Ich denke an einen Mann, der nichts anderes wollte, außer mit Ihnen zu reden. Jedenfalls vermute ich, dass er nichts anderes wollte."

„Ach so, den meinen Sie. Stimmt, der ist direkt nach Ihnen gekommen."

„Bei Ihnen gibt es doch kein Arztgeheimnis. Erzählen Sie mir bitte, worüber er reden wollte."

„Wenn's mehr nicht ist. Über seine Tochter wollte er reden, über diese ..."

„Anja Schneider?"

„Genau, so hieß die. Ich hatte es schon wieder vergessen. Aber nicht nur über seine Tochter, es ging ihm auch darum, zu wissen, wer bei den Sausen im Hinterzimmer von Kühne dabei war. Warum sollte ich es ihm nicht sagen? Wie Sie schon richtig gesagt haben, bei mir gibt es kein Arztgeheimnis. Er kannte die Namen übrigens schon und wollte nur wissen, ob noch mehr dabei gewesen waren. Außerdem tat der Mann mir leid, er hat sogar geweint. Seine Tochter hätte das alles nicht verkraftet, hat er mir erzählt, sie hätte schrecklich darunter gelitten. Gut, das konnte ich nicht nachvollziehen, aber wenn es so war, warum sollte ich ihm nicht bestätigen, wer dabei war? Wenn es ihm doch hilft."

Stimmt, geholfen hat es ihm, dachte Völkel, aber du hättest ihn noch fragen sollen, wozu es ihm helfen sollte. Er dankte für die Auskunft und wünschte noch viel Erfolg, dann beendete er das Gespräch.

„Ja, es ist Anja Schneiders Vater", sagte er zu Wolter, „ich habe ihn einmal sogar getroffen, als er Informationen über die Schweinereien gesammelt hat, die im Hinterzimmer der Kneipe gelaufen sind. Ich habe bloß nicht gewusst, wer er ist. Aber jetzt weiß ich es, er ist der Mörder von Kühne und der Entführer von Holbein. Und er wäre auch der Mörder von Starke und Bär, wenn nicht …"

Er brach ab, denn Bär begann im nächsten Moment mit weinerlicher Stimme zu jammern: „Der Mörder von mir? Was soll das heißen? Aus welchem Grund wollte der mich ermorden? Ich habe dem doch nichts getan. Ich kann mich auch nicht mal erinnern, ihn jemals gesehen zu haben."

„Nee, ihn nicht", sagte Völkel, „aber jemand anderen."

Schneider hörte alles, aber er reagierte mit keiner Regung darauf. Er hielt den Kopf gesenkt und starrte auf das Pflaster der Straße. Es war so, als wäre er in sich zusammengefallen. Er war ein gebrochener, nein, ein zerstörter Mensch.

25.

Völkel hatte alles Weitere, vor allem die Erklärungen für Bär, Wolter überlassen und war sofort, nachdem die Besatzung eines Streifenwagens zur Verstärkung für Wolter eingetroffen war, nach Hause gefahren. Sollte der auch entscheiden, ob er Starke informierte oder besser nicht. Aber was brachte es, jemandem im Nachhinein zu erklären, dass er sich in Lebensgefahr befunden hatte, wenn er gar nichts davon mitgekriegt hatte? Lediglich Holbein hatte er angerufen und ihm gesagt, dass seine Entführung nun bewiesen und der Täter gefasst sei und dass er wieder ruhig schlafen könne. Holbeins Nachfragen wimmelte er ab. Er solle sich über die Gründe für die Entführung morgen bei Wolter im Präsidium erkundigen. Danach beendete er das Gespräch.

Erst zu Hause hatte Völkel so richtig seine innere Unruhe bemerkt. Nein, er konnte an diesem Abend nicht Anita anrufen, obwohl ihm ein Gespräch mit ihr sicher gutgetan hätte. Aber er hatte Angst, dass seine Unruhe ihn verraten würde. Wenn sie gefragt hätte, was mit ihm los sei, hätte er nicht gewusst, was er antworten sollte.

Auch zum Lesen hatte er keine Ruhe gefunden, stattdessen beim Zappen durch die Fernsehprogramme einen Märchenfilm entdeckt. Ja, tatsächlich, einen Märchenfilm. Mit Märchen hatte er sich nicht mehr beschäftigt seit Kathrins Kindheit, als er ihr manchmal welche vor dem Einschlafen vorgelesen hatte. Aber auch das hatte er nur selten getan, denn die Märchen waren ihm brutal vorgekommen und er hatte Sorge gehabt, dass Kathrin danach böse Träume haben könnte.

Brutal war auch dieses Märchen, „Das kalte Herz", in dem ein Mann sein Herz verkauft, damit er reich wird, was er auch schafft, aber darüber die Liebe zu den Menschen verliert, eben weil er kein Herz mehr hat.

Völkel hatte gebannt den Film verfolgt und darüber zwischendurch sogar vergessen, was er an diesem Tag erlebt hatte. Ja, das war ein Film über unsere Zeit: Sein Herz verlieren, um reich zu werden. Besser konnte man den vorherrschenden Kapitalismus nicht beschreiben. Es war eine gruselige, erschreckende Geschichte, aber eben auch ein Märchen, weil sie gut ausging. Am Ende bekam der Mann sein Herz zurück und seine Liebe. Ob das in unserer Gesellschaft, in der nur das Geld zählte, irgendwann auch mal so sein würde? Völkel hatte seine Zweifel daran, große Zweifel.

Irgendwie fiel ihm dabei plötzlich der Mann ein, den Wolter und er gefasst hatten, dieser Vater von Anja Schneider. Er hatte sein Herz verloren und auch wieder nicht. Er hatte sich sein Herz für seine Tochter bewahrt, für seine große Liebe. Und als man sie ihm genommen hatte, weil es einigen nur um ihr plattes Vergnügen ging, das sie glaubten, sich erlauben zu können, weil sie dafür bezahlten, da hatte er es verloren und war zum Mörder geworden. Bewahrt und verloren zugleich, Völkel hatte gar nicht erwartet, dass ihm ein Märchen so viel erklären könnte.

In der Nacht hatte er unruhig geschlafen und zwischendurch sogar das Gefühl gehabt, Herzschmerzen zu haben. Aber das war natürlich, so glaubte er, nur im Traum so gewesen.

Schon gegen halb neun am nächsten Morgen, Völkel hatte noch nicht einmal mit dem Frühstück begonnen, rief Wolter an.

„Komm mal schnell vorbei", sagte er, „ich muss dir etwas zeigen."

Er nannte ihm eine Adresse in Castrop und bat darum, dass er schnell kommen sollte. Völkel ahnte, worum es ging, Wolter hatte Schneiders Wohnung entdeckt.

Kurz darauf hatte er den Ort erreicht. Das Haus lag inmitten einer Zechensiedlung. Einige der Häuser waren gut renoviert worden. Völkel wusste, dass junge, alternative Paare sich gerne solche Häuser kauften und sie sich zurechtmachten. Genauer gesagt waren es Haushälften. Die Hausfassade, vor der Völkel stand, hatte schon lange keine Farbe mehr gesehen, der Putz bröckelte, hinter den Fenstern hingen schmutzige Gardinen. Die andere Haushälfte dagegen sah einladend aus, in einem leichten Braunton gestrichen, Blumen im Vorgarten.

Wolter hatte ihn schon entdeckt und kam ihm entgegen. Nach einer kurzen Begrüßung erklärte er: „Das ist das alte Haus von Herrn Schneiders Schwiegereltern. Den Tod ihrer Enkelin hat seine verwitwete Schwiegermutter nicht verkraftet und ist kurz danach gestorben. Da hat er sich hierhin zurückgezogen und mit niemandem mehr Kontakt aufgenommen."

„Mit niemandem? In so einer Siedlung? Das geht doch gar nicht."

„Geht wohl doch, denn die Nachbarn wissen so gut wie nichts über ihn."

„Hat er euch denn schon irgendwas über die Entführungen gesagt?"

„Er hat uns alles verraten, ich musste ihn gar nicht richtig verhören. Er hat von sich aus erzählt."

„Um sich von Schuldgefühlen zu erleichtern?" Völkel fragte das, obwohl er ahnte, dass seine Vermutung falsch war.

„Weil ihm jetzt alles egal ist, deshalb, hat er gesagt. Weil er von seinem Leben nichts mehr erwartet, schon lange nicht mehr. Komm, ich zeig dir jetzt erst mal das Haus, du wirst staunen."

Sie mussten fünf Stufen bis zum Eingang hochlaufen. Dort stand ein Streifenpolizist, der nicht fragte, als Völkel in Wolters Begleitung eintrat. Im Flur standen Gegenstände rum, Schirme, Eimer, ein Hammer. Die Küche, in der zwei Frauen von der Spurensicherung arbeiteten und nur kurz zu ihm aufschauten, war unaufgeräumt. Ein Berg von Geschirr stand in der Spüle, auf dem Tisch stand ein Teller mit einer halb aufgegessenen, vertrockneten Scheibe Brot, dazu eine Tasse Kaffee, halb ausgetrunken. Es roch noch muffiger als im Flur. Das Schlafzimmer war genauso unaufgeräumt. Das Bett war nicht gemacht, Klamotten lagen auf dem Boden, die Rollläden waren halb heruntergelassen.

Völkel hatte keine Lust, sich das genauer anzusehen. Nein, in so einer Wohnung würde er niemals leben wollen. Wolter spürte seinen Unwillen.

„Komm, das alles ist nicht wichtig. Ich zeige dir jetzt den Raum, auf den es ankommt."

Er zog ihn in einen stockfinsteren Raum neben dem Schlafzimmer und schloss hinter ihnen die Tür. Wolter hatte den Raum bestimmt schon untersucht, also hatte er ihn wieder abgedunkelt, um etwas zu demonstrieren. Völkel ahnte, was es war. Eine Zeit lang versuchte er, sich auf das Gefühl einzulassen, das er in der Dunkelheit bekam. Aber es war nicht nur die Dunkelheit, die Beklemmung auslöste, es war auch die Stille, die absolute Stille, die sich immer stärker ausbreitete, je länger Völkel in diesem Raum stand. Völkel spürte, wie sein Puls zu hämmern begann. Hier Stunden oder gar Tage zu verbringen, noch dazu in Todesangst, Völkel wollte sich das gar nicht vorstellen.

Es war eine Erlösung, als Wolter endlich Licht einschaltete, das Völkel einen Moment lang blendete. Dann sah er es: die dick gepolsterten Wände, die genauso gepolsterte Tür und mitten im Raum die Liege mit den Ledergurten. Hier hatten also Holbein und Kühne gelegen, Holbein so lange, bis Schneider ihn frei gelassen hatte, Kühne so lange, bis er ihn erschossen hatte. Und hier sollten auch … Er schüttelte den Kopf. Nicht daran denken, dachte er, sonst nehme ich noch etwas davon mit in meinen Alltag. Sonst werde ich die Bilder nicht los, wer weiß, wie lange nicht.

Wenig später saßen sie auf den Treppenstufen draußen vor der Haustür. Wolter konnte sich eine Pause erlauben, die von der Spurensicherung machten ihre Arbeit sowieso am liebsten allein. Völkel war froh, wieder im Freien und an der frischen Luft zu sein und das bedrängende Gefühl hinter sich zu lassen. Wolter schien es ebenso zu gehen, beide saßen eine Zeit lang einfach nur da und beobachteten das Geschehen um sie herum.

„Also gut, dann erzähl mal. Was habt ihr rausbekommen?", eröffnete Völkel nach einer Weile das Gespräch.

„Es war nicht schwierig, ein Geständnis von dem Mann zu bekommen", berichtete Wolter. „Es ging um seine Tochter, die er sehr geliebt hat. Sein Sohn wohnt ja weit weg, zu dem hat er wenig Kontakt, auch jetzt nicht, nach dem Tod der Tochter."

„Nach ihrem Selbstmord", warf Völkel ein.

„Richtig. Nach dem Tod seiner Frau war sie sein ganzer Lebensinhalt. Sie hat studiert, sie hatte große Pläne und er hat alles für sie getan. Und dann hat

Kühne sie reingezogen in die Schweinereien in seiner Kneipe. Er hat sie betrunken gemacht, beim zweiten Mal auch noch etwas in ihr Getränk gemischt. Schon nach dem ersten Mal sei sie sehr still geworden, nach dem zweiten Mal hätte sie ihr Freund verlassen und sie hätte sich wertlos gefühlt, hat er uns erzählt. Er hätte alles getan, um sie aufzuheitern, aber es sei ihm nicht gelungen."

„Sie war vermutlich depressiv. Warum hat er sie nicht behandeln lassen?"

Wolter schaute ihn einen Moment lang nachdenklich an.

„Das sehe ich auch so, aber er ist ein einfacher Mann. Ich glaube nicht, dass er die Sache so genau durchschaut hat."

„Warum ist sie denn nach dem ersten Mal weiter zu Kühne gegangen, um dort zu bedienen?"

„Weil Kühne ihr eingeredet hat, dass es ihre eigene Schuld gewesen sei, sie hätte ja nicht so viel saufen müssen. Außerdem hätte er ihr versprochen, dass es nicht wieder vorkomme. Von jetzt an würde er auf sie aufpassen."

„Ausgerechnet er!" Völkel schnaubte. „War das der Grund, worum er Holbein nur gequält, Kühne aber erschossen hat?"

„Nein, war es nicht. Holbein wollte er auch erschießen, aber der hätte so erbärmlich gejammert und sich völlig würdelos aufgeführt. Das wäre ein erbärmlicher

Charakter, hat er gesagt, so erbärmlich, dass selbst er sich nicht an ihm vergreifen wollte."

Völkel glaubte, nicht richtig gehört zu haben. Jemand wurde geschont, weil er ein widerlicher Charakter war? Wenn das nun Mode wurde, dann hatten ja gerade die Feigen, die alles taten, aber für nichts Verantwortung übernahmen, die besten Karten.

„Ich weiß, was du denkst", sagte Wolter, „aber der Mann ist kein eiskalter Verbrecher. Eigentlich wäre er gar keiner, wenn das mit seiner Tochter nicht passiert wäre. Er hat verzweifelt versucht, ihr Leben wieder in eine stabile Bahn zu lenken, aber er hat sie verloren, weil ein paar Typen nur an ihr plattes Vergnügen gedacht haben. Für das sie natürlich bezahlt haben. Oh ja, mit Geld und ein paar üblen Tricks glauben sie, alles kriegen zu können, ohne auch nur einen Moment daran zu denken, was das bei einem jungen Mädchen wie dieser Anja auslösen kann. Wozu sollte Frischfleisch auch eine Seele haben?"

Völkel erschrak über diese Formulierung, aber er widersprach nicht. Irgendwie hatte er tief in seinem Innern so etwas Ähnliches schon vermutet, als Wolter noch nicht davon überzeugt war, dass beide Fälle zusammenhingen. Nun war er es, der es ihm erklärte.

„Er hat mir gesagt, dass der Rachefeldzug der Wunsch seiner Tochter gewesen sei, er hätte ab und zu ihre Stimme gehört. Bei Holbein war er noch nicht so weit, weil Mord nicht sein Geschäft ist. Er musste sich erst überwinden, bevor er es konnte."

Völkel dachte an seine Tochter Kathrin. Wenn irgendwer Kathrin etwas zufügen würde, was ihr Leben aus der Bahn warf, dann wüsste er auch nicht, wozu er fähig wäre.

„Ein Täter, der gleichzeitig Opfer ist", sagte er.

„Wie so viele", ergänzte Wolter. „Weißt du, mit Schneider stellen wir da demnächst einen Mann vor Gericht, den niemand mehr bestrafen kann, weil er schon längst bestraft worden ist. Ein Mann, dessen Leben zu Ende ist, schon vor seinem Tod."

„Mann, das sind ja trübsinnige Gedanken", sagte Völkel, „wird Zeit, dass wir mal wieder über etwas Freundliches reden."

„Etwas Freundliches", wiederholte Wolter, „oh, vielleicht hätte ich da was. Wie wäre es mit einem Werkvertrag für dich bei der Dortmunder Kripo? So oft, wie du uns jetzt schon geholfen hast, kannst du auch gleich zeitweise wieder bei uns anfangen."

„Wo denkst du hin, einen Werkvertrag! Wenn das meine Tochter erfährt, dann lässt die mich keinen Moment mehr aus den Augen. Dann zwingt die mich, nach Düsseldorf zu ziehen, damit sie mich dauernd unter Kontrolle hat."

„Das würde dann aber schwierig werden mit deiner Anita."

„Siehst du, allein schon deshalb geht es nicht."

Grinsend saßen sie auf der Treppe und versuchten, vorerst nicht mehr an die seelischen Grausamkeiten zu denken, denen sie in den letzten Tagen begegnet waren.

Ende

Heinrich Peuckmann

geb. 1949, lebt mit seiner Frau und drei Söhnen in Kamen bei Dortmund. Über vierzig Einzelpublikationen: Romane, Krimis, Erzählbände, Jugend- und Kinderbücher. Zuletzt erschienen der Krimi „Heimkehr" und der deutsch-deutsche Familienroman „Die Schattenboxer".
Peuckmann ist Mitglied in der Krimiautorenvereinigung „Das Syndikat" und im PEN.

Lychatz Verlag

„Angonoka"
von Heinrich Peuckmann

ISBN 978-3-942929-70-7

Lychatz Verlag

„Gefährliches Glitzern"
von Heinrich Peuckmann

ISBN 978-3-942929-91-2